Southern Cross
南十字星
Season 1

仲夏。

剛降臨的湛藍夜幕，來不及帶走風中的灼熱。風鈴與蟬鳴都靜默著，釋放懶散感的空氣中。少年，在和式的木頭走廊，倚著牆壁與矮櫃間的角落打盹。這時，矮櫃的電話響起。

「嗚哇！」急忙起身的少年跌了個跤。

「我…我的腳居然麻了！到底是等了多久啊!!」少年直呼不可思議的哀鳴與電話鈴聲，傳遍了不太大的雙層樓房。

「啊啊…佐原家您好。亞由葉嗎？對啊，我正在等妳的電話…誒？」接起電話的少年馬上拿出親切開朗的語氣與表情，卻突然愣了下。

「這樣啊…果然還是不行嗎？沒關係啦，等妳回鎮上再一起出去玩吧！」少年難掩落寞的表情，但還是擠出了微笑。

「嗯，我會去祭典的，我會把妳喜歡的那些點心都搶走！然後再把大口大口吃掉的照片都拍下來！羨慕吧！哇哈哈哈哈!!」誇張地大笑，像是告訴電話那頭的女孩「沒關係的，不用在意，我一個人也會很開心」那般。

「那麼，再見⋯」

『嘟⋯嘟⋯嘟⋯嘟⋯嘟⋯』

隨著對話結束而平靜的少年，手裡的話筒還捨不得放下。屋內只聽見話筒流洩出的嘟嘟聲。

「在暑假結束之前，想要一起有個難忘的回憶，果然還是說不出口啊。」

少年苦笑著，只能掛上了電話。空氣悄悄地冷了下來，風與時間靜靜地流動著。與那說不出口的思緒一起，飄向了走廊的另一頭。

那是佐原家的門。毛玻璃外，許多人影走動著，今天是夏日祭典，大部分的鎮民都會去晃晃。對於鎮上的年輕人來說，是僅次於情人節、耶誕節、白色情人節的日子。有個謠傳著的都市傳說，年輕情侶在這天一起到坡上的神社搖鈴祈求，若是不約而同許下一樣的願望，兩人就會得到幸福。

「我想想，她好像放假與周末總是有事會離開鎮上。是去探望誰了？去年的祭典也是，前年也是，大前年⋯⋯」扳到第三根指頭，少年的表情停滯了。

「⋯⋯⋯⋯⋯⋯至少她總是說，只想跟我，還有小月三個人一起逛逛祭典呢。」

回憶起這句話，少年總算拾起了微笑。

『春天之後，如果我們都考鎮上的大學，才有可能再一起去祭典吧。』

只是，女孩的成績很好，相對於少年來說是天淵之別般地好。也許少年會吊車尾地進入鎮上的大學，但女孩，應該會考上都市裡，人人稱羨的頂尖大學吧。然後理所當然地交個未來會進入一流企業工作的男朋友，怎說都強過了窩在小房子裡的普通少年。

嘆了口氣，少年還是勉強掛上了笑容。

「我出門囉——」

『果然超閃的，我幹嘛要在這種日子出門啊。』

心裡叨唸著的少年吊著死魚眼，有氣無力地一步步踩在通往山坡上神社的石階。與那兩側石燈籠燈光交錯的，一對對開心的情侶走下坡去。愛情可以麻醉人，至少可以麻醉有女朋友在身旁，渾然不覺肩膀撞到少年的現充們。

『沒有事先講好就許下相同的願望，這應該超難的吧。那對不可能，這對…應該也不可能。我該不會是在嫉妒人家啊！可惡～』

少年瞄過錯身的情侶們，以電視劇中正義警官尋找嫌疑犯的眼神掃視，一邊信步踏著石階。

「九十八…九十九…一百！終於爬完了。」

垮下肩舒了口氣，少年的表情像是心裡依舊嘟囔著。

「反正這種好事…誒？好漂亮的女孩子，是鄰鎮來玩的嗎？」

一抬頭，前方神社的入口，高聳的鳥居下，有個女孩被兩名打扮輕浮的少年搭訕。少年邊說話還想藉機伸手吃女孩的豆腐，但都被女孩給輕輕閃過。

與鳥居同樣在微暗燈光下成朱紅色的，是女孩的及肩短髮。

一頭蓬鬆豐盈的髮緒，有著俏麗的波浪自然卷。迎風飛揚的瀏海，用綠色的四葉幸運草髮夾別開。上身淡粉色的夏季洋裝，胸口前有著兩層斜肩的荷葉邊飾，寬大到幾乎香肩畢露的圓領，展現女孩性感纖細的鎖骨線條。與像是花蕊般的上衣相襯的，是有如花瓣的粉藍色寬褶短裙。

女孩明亮的玫瑰色雙眸，眼角微微揚起的杏眼，有種溫和卻不失堅毅的氣質。把手抱在胸前，對於搭訕一副視而不見的表情。少年就算沒聽到他們的對話，也能從女孩的表情與唇形看得出來，她是真的很懶得理那兩名少年。

『一看就知道是在等男朋友的，幹嘛自討沒趣啊。』

暗自下了結論的少年再度起步時，卻跟女孩的視線對上了。更糟糕的是，女孩瞬間閃出了賊笑，快步朝少年跑來。

「他就是我男朋友，這樣你們可以滾了唄。不要打擾我跟親愛的一起約會，不長眼的電燈泡。」

女孩倏地縮到少年背後，小鳥依人地挽起少年的手抱在懷裡。夾在女孩無預警的宣言與兩名不良少年的殺氣間，少年被埋在女孩豐滿胸部裡的手臂已經失去知覺。但這看在吃灰的兩名少年眼裡，比路邊的現充們還閃個幾百倍。

「……呃……啊。您好，初次見面。」全然僵直的少年瞪大了眼，以顫抖的語氣擠出了客套話。

「沒可能。這個蠢小子怎麼可能是妳男朋友。」其中一個較高瘦的少年擠眉弄眼地打量著少年，彷佛他從頭到腳沒有一個細胞配得上這個女孩。

「大哥我也這麼覺得。這傢伙，就像那個什麼原蟲。」另一個臉上有著雀斑的少年也說話了。

「阿…阿米巴原蟲嗎？」少年用完全脫力的表情答出了正解。

『你幹嘛順著他們的話啊！豬頭嗎你!?』女孩強壓著想罵人的語氣對少年耳語，手臂也抓得更緊，不過這時少年全身的神經已經中斷了。

「你們可別小看他，他可是空手道黑帶的高手喔！」

女孩不打草稿的謊言再加一發，清清瘦瘦的少年怎樣看都不是體育社團的。被這句話灌進耳裡的少年只差沒當場昏過去，但表情變得更加尷尬。

「哦？真的嗎~？還真看不出來啊。」被稱為「大哥」的少年雙手插在牛仔褲口袋，歪著頭直盯眼前的少年。如果這種拙劣的謊話能騙得到他們，那就太不可思議了。

「而且他跆拳道也是黑帶喔！」

此話一出，少年馬上感到大腦斷線。心裡高分貝地重複著「我一定會被打死」與「南無阿彌陀佛」那樣的背景音。不過他還是跟木頭雕像一樣杵在原地，充當女孩的盾牌或是掩體之類的東西。

「哈～!?」兩名少年冒出了完全不相信，連萬分之一都不相信的表情與聲音。

「我說小子。」大哥拍了少年另一邊的肩膀。

「開玩笑也要有個限度，不要只顧著在漂亮女孩面前逞英雄啊……」他咧著嘴陰險地笑著，右眼睜大到快要掉出來，嘴角還不自覺抽動。

「大哥說得沒錯。像你這種貨色，連我都可以秒趴了你喔！」跟班的少年也向前惡狠狠地戳了少年的肩膀兩下，但他那張充滿喜感的臉來耍狠實在沒什麼說服力。

「你們這兩個傢伙太過分了，他的柔道段位也是黑帶喔！你們才會被秒趴咧！」

「……柔道的最高段位是紅帶喔，雖然黑帶已經很厲害了就是啦。」

遲疑了幾秒，少年自己搭上這句話。他轉過頭看著女孩時的表情，無奈將他的眼睛壓成一條線，嘴角與眉頭也不斷抽搐。看著這樣的滑稽表情，女孩瞪大眼摀住了嘴，好不容易才忍住沒笑出來。

『快．逃．吧．』

在瞬間近乎無法聽清的耳語落下時，少年抓起女孩的手掉頭就跑。顧不得山坡有些陡與路人訝異的目光，連跑帶滑地從石階旁的草地暴衝下去。如果可以，少年應該是想一把抱起女孩直接滑下去吧。

風，揚起了女孩的髮緒與裙襬，閃爍的光穿過時，艷麗的紅髮漾著淡染的柔邊。石燈籠光暈不斷被拋到身後，在那昏暗的橘紅染上女孩的粉頰當兒。

那絕對不是錯覺。

她的表情，是一種惡作劇得逞的幸福微笑。

在聞到的淡淡薰衣草香中，有海水的苦澀味。

第一話・南十字星

「哈！哈！哈！快⋯快死了⋯我跑不動了。」喘到快斷氣的少年發出悲鳴。

「你真是遜到爆了耶，佐原同學。有空還是多鍛鍊一下比較好唷。」

兩人衝下山坡後，混進了逛祭典的人潮中。正好撈金魚攤有空位，少年二話不說就把女孩一起拉進去。看對方似乎沒有追來，體力耗盡的少年癱軟地跌坐在矮凳，女孩卻一派輕鬆地接過攤位老闆遞來的撈網。

「哈！哈！妳⋯妳說誰遜到爆⋯這還不都是⋯誒⋯？」

「本來就是你遜到爆啊。」

被少年抓著一起逃跑的女孩，居然臉不紅氣不喘的，用小惡魔般的表情揶揄他。隸屬回家社的少年體力的確不算太好，但好歹還算是一般人的水準。反而這樣程度的運動量，對女孩來說好像只是小菜一碟。

「等等…妳…妳剛剛說什麼？」

「我說，你真是遜到爆了耶，佐原同學。有空…」

「停!!」

少年奮力地喊出了這個字，可能怕女孩沒聽到，還外加了手勢。

「啊啦，有什麼問題嗎？我還可以再說一次唷。你真是遜到爆…」

「妳怎麼會知道我的名字啊!?」

惱羞成怒的少年硬擠出聲音來打斷女孩的複誦。

「呵…我是你小時候約定要嫁給你的新娘，你忘了嗎？」

女孩並肩蹲在少年身邊對著他說道，燈光只照亮女孩的半邊表情。她微笑著，語氣也很溫柔，但卻有點複雜，玫瑰色的眼眸裡彷彿藏著秘密。而抿起的唇，也似乎哏著說不出口的話語。

「真…真的嗎？」

「當然是開玩笑的啦，傻瓜。我剛轉學過來，因為是暑假期間，老師就先給我看過全班同學的照片嚕。你那認真的表情是怎麼回事啊？想太多囉！」

「嘎……」

再度惡作劇得逞的女孩「噗嗤」一聲笑出來，像是說著「誰會相信這種老爛哏」。完全無視瞬間在漫畫般美夢中被擊沉的少年，看著捧腹大笑到合不攏嘴的女孩，只能說拿她沒轍。

『也是，怎麼可能會突然冒出一個漂亮女孩，說是我小時候的新娘咧。不過……』

但少年卻有種感覺，眼前的這名女孩，印象中似乎跟誰重疊了。只是一直想不起來，只能默默地看著這愛惡作劇的女孩。

好似，真的有種熟悉的感覺？

「喂！你們這兩個混蛋幹嘛！」

「放手啦！我沒看到什麼紅髮的女孩子！」

遠處傳來的高聲叫喊，外加的那句「還有什麼長得像阿米巴原蟲的阿宅」把少年從布滿粉紅泡泡的回憶世界拖出來，他怨恨地苦著臉看著女孩。

「幹嘛！阿米巴原蟲又不是我說的！」女孩看出他的心意，馬上就反駁了。

話是沒錯，但追根究柢都是女孩造成的。可是少年看著女孩那擺明就是惡作劇的笑臉，也拿她沒有辦法，總不能丟下她不管。

「那，第二回合開始。是要我保護你呢？還是你會保護我呢？」

語末俏皮地加上了畫著愛心符號的「佐原醬」。

「老頭！你有沒有看到一隻阿米蟲跟紅髮的女孩子!?」

「哈～？俺不喜番吃蟲啊？」

撈金魚攤的棚子前，不良少年二人組對著眼睛瞇成一直線，好像還有些耳背的爺爺級老闆大吼。在他們腳邊，少年與女孩蹲坐在矮凳上蜷曲著撈金魚，後腦掛著隔壁攤借來的面具，身上披著有偌大「祭」字的法被。怎麼說呢……完全是超業餘級的偽裝，這時的少年真希望有忍者般的本領。

『假面超人的面具跟你很搭唷。』

『閉嘴!!』

大敵當前的當兒，女孩還是不忘調侃人。而她的狐狸面具似乎也跟著咯咯笑著，到底是少根筋還是自信過剩？冒著冷汗的少年不斷用表情與手勢示意她閉嘴，但女孩卻是一派輕鬆地微笑。

「嗯哼。」大哥清了清喉嚨。

「我說啊！有沒有看到！阿米蟲與漂亮的紅髮女孩啊！」

「就算是漂釀的蟲俺也不吃的啊。」

大哥已經用上扯破喉嚨的音量，老闆還是聽不清楚。

『哎呀呀，他一直稱讚我漂亮呢。』

『我求妳了，閉嘴吧。』

女孩一副得意的笑臉，還故意揚揚嘴角，但少年已經快要連血淚都流出來了。似乎是很滿意少年哭喪著臉的表情，女孩在嘴前劃了拉起拉鍊的手勢。

「喂。你啊，有沒有看到一隻阿米蟲跟紅髮的女孩子？」

跟班戳了戳少年後腦的假面超人面具，少年頭也不回地連忙指著背後的方向。

「大哥！這傢伙看到他們往那去了！」

「很好，我們走！」

兩個白癡揚長而去，撈金魚老闆還沒進入狀況就結束了。

「噗。嘩哈哈哈哈哈哈!!超白癡的啦!!!」

「…………………………」

差點從矮凳翻下來的女孩整個人狂笑不止，捏一把冷汗的少年體力再度被抽空。苦著臉肩頭一攤，看來情緒已經按捺不住了。

「我說同學，妳是有毛病啊？還是喜歡故意找別人麻煩？」

「哎咿？不是很好玩嗎？」女孩停止了大笑，回應了個微笑。

「並不會。我不知道妳是何方神聖，但我可不是個打架高手。如果…」

「如果你被他們打趴了，就沒人保護我了麼？」

女孩把臉湊向少年，說著「是嗎？」。那微笑，混合著許多思緒，有淡淡的嘲弄、淡淡的期待…與淡淡的開心表情。濃縮在那玫瑰色的，彷彿藏著話語的眼眸裡。

「我…我要走了，妳自己多小心。」臉上被染成女孩髮緒般紅色的少年急忙要起身。

「誒誒？對不起啦，這次是我不對。我太過分了，真的抱歉啦，佐原同學請原諒我吧。」

卻被女孩抓住了衣袖，她請求的表情像是在說著「所以，請你不要離開」那般。女孩收起了誇張的笑容，壓低的長睫毛遮蓋著哀傷。那神情吸住了少年的目光，世界只剩他們兩人那樣的寂靜無聲。其他的一切，都只是陪襯女孩的背景，與為此灑下的光。

趁少年呆然時，女孩輕柔，悄悄地，宛如貓步般地貼近他。輕閉著雙眼，疊上粉色的雙唇。

時間像是就此慢下，只剩下兩人的呼吸聲記錄著時間的流逝。一秒，兩秒……………直到連呼吸聲都變得模糊。

「哪。」伴隨在輕微的吸氣聲後，世界重新轉動。

——這樣，我們就扯平囉？

在世界重新轉動的前一瞬間，從女孩髮緒傳來的淡淡薰衣草香中。有海水的苦澀味。

＊＊＊　＊＊＊　＊＊＊　＊＊＊　＊＊＊　＊＊＊

熾烈陽光不甘被擋在屋簷劃出的界線外，偷偷地向內滲。十三年前的夏天，南方小島的空氣裡，記憶中灼熱感與西瓜清甜味中，溶入了薰衣草的香味。

「啊啊，您好。非常感謝各位入住。服務人員都是我們自家人，啊，這位是我的孫子小哲。」純樸的中年婦人親切地招呼著這次入住的客人，黝黑皮膚上有幾條深刻的皺紋，因為她愛笑，所以大家都說那是笑紋。在她身邊的是拿著一片西瓜，看起來傻氣傻氣的小男孩，頂多才四五歲而已。

這次的客人有點特別。除了一位和服正襟，整張臉就像是古代大官的花白髮老人，與一位與小哲同樣約略四五歲的紅髮小女孩以外，是一大票與季節脫節的黑西裝墨鏡男子。小女孩看來不太甘願，在門口打量著這棟小小的兩層木造旅館。

「不得無禮。」

「哼。」

老人轉頭用嚴肅口吻與極度簡潔的詞彙訓斥。小女孩忿忿地別過頭去，一副生悶氣的表情。

「實在是非常抱歉。」老人回過頭。

「佐原女將，由於老朽身分敏感，所以不方便相告名號。訂房的人是老朽的學生，如在電話上所說，正因如此，老朽需要包下整間旅館。不過您不用擔心，老朽諸等並不是壞人。」

語畢，老人就向佐原的奶奶深深鞠躬。意外地受此大禮，佐原奶奶也壓著小佐原一起回禮。不過小佐原的視線始終在小女孩的身上，不知為何她的表情像是說著「裝得很像嘛，老狐狸」之類的。

小女孩發現自己被小佐原注視著，哼哼兩聲就信步走進旅館了。

「等等。」

「……………」

走在廊道上的小女孩因為小佐原的這句話而回頭。那優雅的轉身瞬間，艷麗的紅髮就像被風吹動的花朵般飄揚。

「妳不吃西瓜嗎？」

「…………………白癡。」

小女孩用平板的表情與口吻拒絕了小佐原遞來的那片西瓜。

「沒事的話，請不要跟我搭話，我可不是小鬼。」

「是麼？」

有點不服氣的小佐原，故意站在小女孩身邊，比一比兩人的身高，很明顯是差不多的。好吧，頂多是一公分的差距。但這個舉動卻踩到小女孩的地雷了，她的臉脹紅起來，卻又憋著不能大吼的表情。

「鈴木！把我的行李帶上！我要休息了！」
「是，大小姐。」
被喚作鈴木的黑衣人拿起了行李，與小女孩一起走向客房。走了幾步，心有不甘的小女孩還是回頭向小佐原咧了個鬼臉。
「咿～～～～～～」小佐原也不甘示弱地咧嘴吐舌。
「佐原女將，真是抱歉。老朽的孫女個性不太好，還請您多關照了。」
「啊哈哈，您客氣了。小孩子都這樣嘛，睡個覺明天就忘了，別擔心。我先去給各位準備晚餐，六點後就可以來食堂取用了。請恕我先告退，我兒子會帶各位前往客房的。」
行了個禮就離開的佐原奶奶。老人看著廊道上，被爸爸訓斥「怎麼能對客人失禮」的小佐原。那暖暖的微笑裡，帶著些許陰霾。
『是我虧欠了這孩子吧。』
他低語著。嘆息之後，回頭示意要他的學生們把行李都搬進去。
「老師。請進屋吧，在室外很危…」老人身邊的黑衣人如此說，但老人只抬手示意他別說下去。
「……山下。你帶些人，從現在開始給我滴水不漏地保護這裡。連隻老鼠都別讓我見到！」

「是！組長！喂！你們這幾個，跟我走！工具都給我帶上啊！」

被指名的黑衣人很快地就帶著七八個人去分配工作了。

「……你真了解我。」老人如此說。

「份內工作而已，老師。」

「可惜依稚跟你年紀差太多了，不然我還真想把她嫁給你算了。」

「老師您別挖苦我了！您明知道大小姐她最討厭我了啊！」

黑衣人慌張地直搖頭，與那很有喜感的肢體動作讓老人不禁笑出來。

「那孩子很有天分，小小年紀就得到了免許皆傳。但…」

「如果可以，我希望能代替大小姐。雖然我只是個外人，而且實力也遠不及大小姐。但是老師，你們都被那早該作廢的約定綑綁著，我是這麼覺得的。」黑衣人如此說。

「……哦……真可惜。若那孩子能活到成為好女人的年紀，到時你都已經是個中年大叔了。」

「老師！」

老人爽朗地大笑著，黑衣人抱著頭吶喊「您到底是怎麼理解我的話啊。」

不然的話，至少能跟那小男孩一樣的普通孩子在一起，得到平凡的幸福吧。老人是這麼想的，但他從來沒有說出口。也許，這句話就跟今天的夕陽一起被埋葬了吧。

翌日。

「好酷～這是什麼字啊？這是什麼？好重喔！」

在旅館的後山樹林，小佐原拿著由精緻白木做為柄與鞘的腰刀東翻西看。

「跟你說了別碰本小姐的東西！欠揍！」

小女孩也言出必行，用拳頭往小佐原的頭上灌下去，一擊就痛得他滿地打滾。但痛覺揮發掉之後，又偷偷把這有他半個人高的腰刀摸來當玩具。

樹林中的空地，小女孩一臉嚴肅地揮舞著未出鞘的腰刀，看起來與小佐原拿著的那把腰刀是同樣的。都是由白木製成，由工匠細細地磨除稜邊，並焦烙上刀銘。從樹葉的縫隙中灑下的陽光照著時，有種象牙般的質感。

「告訴我上面寫什麼嘛～？」

「你很煩誒！」小女孩再度停止了練習。

「告訴我就不煩妳囉～」但女孩打從心底就不相信這句話。

「………你手上那把，叫做寒雨。意思是很冷的雨天。」

這刀銘其實有更詩意的內涵，只是小女孩懶得節外生枝多去解釋。在她的認知裡，小佐原聽得懂的詞彙應該不超過十個。

「那妳手上那把呢？」光是這樣還不夠滿足小佐原的好奇心。

「這把是凜冬，意思是凜冽的冬天。」

「凜冽是什麼？」

「就是很冷很冷非常冷，冷到讓你變成冰棒啦！你差不多該把寒雨放下了吧！」

小女孩的耐心終於到了極限，直指小佐原要他把腰刀放下來。

「我喜歡冰棒！那妳的名字咧？」

「我不是刀，沒有刀銘。」

「我知道妳不是刀啊，我是說妳的名字，我叫小哲喔。」小佐原燦笑道。

「……嘖。」

發覺已經被纏上甩不掉的小女孩，表情非常不耐煩。但如果做得太過分又會被爺爺罵，小女孩猶豫著要怎麼讓他知難而退。

「這樣吧。」小女孩收起練刀的架式，左手持起了刀鞘。

「本小姐練得也有點累了，你去跟我爺爺拿我最喜歡的點心。如果你拿到，我才告訴你名字。如果你拿不到點心，就再也別來煩我囉！」

小女孩打的算盤是，笨笨的小佐原肯定會一五一十地跟她爺爺說這件事情。爺爺為了不讓她的名字曝光，鐵定不會把點心交給他。順利的話，也許還會要組裡的人擋著他。

才一回神，小佐原已經不見蹤影了。小女孩得意地竊笑，等著要看他回來時的沮喪表情。

「您好。」

「哦哦，你好。你叫小哲對吧？」

在旅館的庭院中，小佐原找到了小女孩的爺爺。有名黑衣人站在他身邊，方便隨時服侍他。陽光靜靜地灑著，周遭的植物翠綠得有點透明。在搖椅上的老人表情很慈祥，還摸摸小佐原的頭。

「我想要跟您拿點心，她答應有點心就告訴我名字！」小佐原果真老實地供出來了。

「…這樣啊。她可真是壞心眼呢。」話雖這樣說，但老人卻笑了，心想他的孫女居然會想到拉他來扮黑臉。這種狡猾個性到底是從誰那裡遺傳過來的，而且還只是個五歲小孩。

「老師，還是別…」老人又揮手示意黑衣人別再說話。

「把點心給小哲，兩人份的。」

「嗚哇~這樣我就可以知道她的名字了！爺爺您真好~」

「等等你帶點心過去。」老人彎下腰說。

「幫爺爺跟她說，妳已經是免許了，要不要說是妳的自由。記住了嗎？」

「免……？」小佐原一頭霧水。

「嗯，這樣她就懂了。」

老人笑著將黑衣人取來的野餐籃交給小佐原，目送他又蹦又跳地離開。

「老師，這個孩子跟大小姐太親近了。如果他到處去亂講大小姐的名字，說不定會引起事端的。」黑衣人的語氣有些緊張。

「只是個孩子，大家不會在意他講的話的，別過度擔心。」

「可是…」

「我希望她，就算一天也好，能體驗一般小孩的生活。」

輕輕地嘆息後，老人倚在椅背上，闔上了眼。

「不過，全天保護依稚與這個孩子，不分日夜。而且，要悄悄地，別被他們發現了。」

如耳語般的聲音，消失在寧靜的庭院裡。

「…………」回到樹林，換小女孩稚氣的臉龐完全鐵青。

「我拿到點心囉。有草莓大福餅，還有烏龍茶，沒錯吧。」亮出了戰利品，小佐原得意地笑著。

「可以當作我沒說過這話嗎？」

「不可以賴皮啦！妳爺爺說妳有免什麼東西的。」

小女孩找不到理由可以辯解了，看著野餐籃裡的兩份點心，她要拉爺爺當壞人的計畫徹底失敗。看小佐原笑得這麼燦爛，想來是沒辦法隨便帶過了。樹林中的風吹起，拍動小女孩的豔紅髮緒，像是催促著什麼。

輕垂下肩膀嘆了氣的小女孩。空氣中，傳來的淡淡薰衣草香。

此時，只剩風聲與小女孩微弱的聲音……

「我的名字叫做……」

***　***　***　***　***　***

「依稚!?」佐原忽然從床上坐起。

「…………那誰啊？我怎麼會忽然叫這個名字？作夢嗎？」

祭典的隔日。

接近中午的陽光賣力地穿過窗簾，均勻明亮地灑在屋內。小鎮恢復往日的平靜，讓剛剛喊出的名字留在彷彿停滯的時空中。

「啊……昨天忘了問她的名字，可是最後的氣氛實在太尷尬了…」

祭典中偶遇的美少女自稱即將會是同班同學。雖然個性有點腹黑，但是總覺得熟悉，又覺得藏著什麼秘密。說是為了道歉，就擅自把佐原珍藏多年的初吻給搶走了。

『這樣，我們就扯平囉？』

回想起來還是不自覺地臉紅了。在女孩的吻離開幾秒鐘後，佐原才像是僵直被解除般地醒來。但尷尬還不只是為了初吻被奪走這件事情，樓下的電話鈴響，打斷了昨夜的回想。

「您好，這裡是佐原家。誒？亞由葉嗎？後天回來一起出去玩？當然好啊!!」

接到青梅竹馬特地打來的電話，佐原樂得差點跳起來。

「電影？嗯……我聽田中說《超能英雄大亂鬥》好像還不錯…誒!?對不起！約女孩子看這種片果然還是太失禮了！」

聽到電話另一頭的女孩像是噴茶的反應，佐原後悔了他的心直口快。無奈懊悔的表情很逗趣，嘴角似乎還冒出白煙了。

「哈……真的嗎？那就看《超能英雄大亂鬥》吧……」對於亞由葉的體貼，佐原只能說是女神等級了。不過才這麼想的當兒，就被……

『啊。我可以帶朋友一起來看嗎？』

給擊沉了。

「當…當然是可以的。」

快要噴淚的佐原說出了違心之論，其實他想說的是「當然是不可以！」。在禮貌地致謝後，亞由葉掛斷了電話。

「亞由葉該不會只是想知道男生喜歡看什麼電影吧。」

此話一出，佐原馬上石化。

啊啊，如果是亞由葉的話，對方一定會非常開心地說「小葉妳真了解我，我太開心了」，順勢給她一個大大的擁抱。對方應該是叫做類似「金子一郎」的傢伙，大學還沒畢業就被某銀行內定了。等到亞由葉畢業後，兩人就要結婚，蜜月旅行去類似帛琉那種只有電視上看得到的地方。

『啊？這位嗎？這只是我的青梅竹馬而已啦，金子醬。』

亞由葉在電影院前微笑著說「青梅竹馬而已啦」的情景，成為超高解析的背景畫面。每播放一次，佐原就變得更小，好似亞由葉溫柔的表情與茶色的飄逸長髮已經越來越遙遠。

『這種幼稚的電影，只有小孩子才喜歡看啊。不過有小葉在，什麼都好看。』

『我好開心唷，金子醬。』

「啊我………」

『佐原同學，感謝你作陪。我先帶小葉去用餐。』

佐原的話還沒出口，就被一句 á la prochaine 給打斷了。看著兩人甜蜜的背影，被電影院強力冷氣凍結的佐原，連心都冰裂了。

『金子醬，這樣真的好嗎？酒侍說這支紅酒很貴的…』

『無妨。不過就是酒而已，怎麼比得上妳珍貴。』金子一郎向坐在面前的亞由葉微笑。

不知是酒精的催化，還是這句話的關係，亞由葉臉上抹了潮紅。在裝潢奢華氣派的法國餐廳裡，全都是盛裝出席的有錢人。亞由葉與金子一郎不知何時也換上了禮服。

『小葉，這支酒跟妳很像。』

『嗯？』

『純淨、甜美、溫柔、青澀。看似脆弱實而柔韌，以花來說，就像是層層綻放的粉色山茶花。』

亞由葉的臉瞬間變得跟煮熟的螃蟹一樣鮮紅。

『我…我還有事先走…』

『等等。』

急忙起身的亞由葉，手腕卻被一郎溫柔地扣住。

『如果有點醉了，就先來我家休息一下吧。』

語畢，就將亞由葉一把擁入懷中。在客人與酒侍的注目禮下，成為這間典雅的法國餐廳中，多如繁星般的浪漫故事其中之一…

連那空氣，都散發著淡淡的山茶花香。

「但……但這是犯罪的啊！金子一郎你這個混蛋!!」

為了自己的妄想而爆怒的佐原，在怒吼後把話筒砸回到電話上。

短短的十二小時之內，他嚐到兩次完全敗北的滋味。對，是兩次，一次還是完全單純只是他自己的妄想。

終究，命運之日還是會到來。

「阿哲～這邊這邊！」

電影院前的馬路旁，熟悉的聲音傳來。對著佐原揮手的女孩，一頭茶色飄逸長髮，輕柔覆著額前的瀏海上，有她招牌的淺色髮帶。同樣茶色的溫柔眼眸，映襯著因暑氣而透出紅潮的粉頰。而櫻瓣般的緋唇，正呼喚著他的名字。

在女孩淺藍色的連身長裙裡，純白T恤在陽光下有些透明感。高舉纖細手臂揮舞著的她，甜蜜的笑容讓路人不由得多看一眼。即使外貌與身材並不性感艷麗，卻充滿知性與宜家的氣質。不過現在眾人的焦點，更正，應該說是嫉恨的眼神，全都插在佐原的身上。

「呃……」

感受到周邊目光的他，有一點猶豫要不要也對亞由葉揮手。視線邊緣，有個男的被他女朋友扯著耳朵拖走了。

但，不只是因為亞由葉而已。

「你（妳）怎麼會在這裡？」

在祭典上把佐原整得七葷八素的紅髮腹黑女孩也在，路人看不出來她隱藏在可愛外表下的小惡魔，只覺得左擁右抱的佐原真是男性的公敵。

「啥!?所以佐原同學就是那個約女孩子看《超能英雄大亂鬥》的白癡囉!?真有你的風格啊!」

紅髮女孩再度笑點全開，佐原整張臉羞憤到脹紅。

「金…金子一郎還沒到嗎?」

「嗯?誰是金子一郎?阿哲你的朋友嗎?」

面對亞由葉的微笑，佐原瞬間覺得岔氣了。紅髮女孩在他耳邊偷偷說「唷，你以為由葉是跟男朋友一起來的嗎?可憐的孩子~」，讓他羞到有股想躲進下水道的衝動。

「不過阿哲，我還真想不到你們認識耶。」

亞由葉的語氣中似乎有種淡淡的酸味，像是稀釋得很淡的檸檬香。只是佐原正陷入紅髮女孩造成的混亂，沒注意到亞由葉那有些愕然的表情。

「沒…我們不認識!我連這傢伙的名字都不知…」急忙撇清的佐原忽地被紅髮女孩抓到旁邊，背著亞由葉勾肩低語。

『佐原同學好無情啊，都得到了人家的吻，還說不認識人家。如果讓由葉知道的話，不知道她會怎麼看待你唷?』紅髮女孩那無辜可憐的語氣中，有種謎樣的脅迫感。佐原嚇得冒出全身冷汗，只能屈服在她的淫威之下。

「我們是在祭典上巧遇的，佐原同學救了被不良少年糾纏的我啦。」紅髮女孩轉身笑臉盈盈地說道，還比出了勝利手勢。

「哇！阿哲你真了不起耶！」亞由葉看著佐原的眼神，感覺得出立即升等了。

「當晚發生了些事情……所以不知道她的名字……只知道她下個學期要轉到我們班上……」

佐原苦笑著，講話有點打結。

「哎呀？我沒跟你說我的名字嗎？」

女孩往佐原身後輕跳了一步，抬頭看了電影院外牆的巨大海報後轉頭說道。

「我叫草莓（いちご），天草野草莓。雖然不是初次見面，還是請多多指教。」

紅髮女孩用俏皮的稍息姿勢說道，雙手靠在纖細腰支與性感臀部的弧線上。同時顯得胸部的發育遠超越了高中生的平均水準。啊，又有路過的男生被女朋友揍了。

「依稚（いち）……？」佐原脫口而出這個名字。

「你漏了最後一個字喔，佐原同學。」

草莓神秘的笑容，與這個她本人沒有發覺的性感姿勢，都和祭典那晚一模一樣。

「嘛，我忽然覺得這樣太便宜你了。」

在撈金魚攤，草莓從佐原身旁退開後倏地起身，害得佐原急忙轉頭才沒見到她的短裙走光。

「所以陪我再回到神社許願吧，剛剛被那兩個白癡打斷了呢。就當作找點零給我吧。」草莓笑道。

「哦？妳知道如果兩個人許下同樣的願望的話，就可以得到幸福嗎？」

佐原拍拍褲子起身，那瞬間，草莓的表情被逆光所掩飾。

「知道啊。」草莓往走道輕跳了一步說道，轉身背對著佐原。

「不過，那不是以『情侶』為前提的嗎？佐原醬。」自然得不能再自然，停在那性感姿態的草莓。微微偏著頭，回頭說出了這句百萬噸ＴＮＴ級威力的話語，但她沒有生氣，只是燦爛地笑著。

「所以唯一的可能就是，在前往神社的路上，我們成為了情侶。或者，我們本來就是情侶……」

「…………啥？」

輕鬆自然說出這種謎樣宣言的草莓，無視佐原臉上那無法理解的表情。看著她的笑容，她不像是說笑的，但佐原卻一點都聽不懂。相對於佐原這樣平凡的普通少年來說，草莓就像是山頂上的高嶺之花。而且，是在喜馬拉雅山頂上，要橫過一大片地雷草原才能一睹的夢幻名花。

至於那句「我們本來就是情侶」，這種不可思議的發言還是當作沒聽到好了。

「第三回合開始了，你要加入嗎？」草莓笑著說。

在聞到的淡淡薰衣草香中，有海水的苦澀味。

＊＊＊　＊＊＊　＊＊＊　＊＊＊　＊＊＊　＊＊＊

很想忘了你，可是我做不到。

我只能任憑時間漸漸將與你的回憶塵封起來。

但卻在這個時候，再度見到了你。

就彷彿，

神在嘲笑懦弱的我一般。

曾經無數次想像你我重逢的情景，在冰冷的夜裡嚼著你溫柔的話語取暖。

然而多年以後，你就在眼前，我卻沒有勇氣對你說……

——我好想你。

穿梭在逛祭典的人群中，佐原漫步著走往神社的方向。

過去的他，只會想著今天想玩什麼，想吃什麼，有沒有新的攤子。但他這時在意的是走在他身後的草莓，眼前的景物，都只是失焦的光暈般。因人群擁擠而不時碰到的手指觸感，與近到可以感覺到呼吸溫度的距離。

『不知道她現在的表情是什麼⋯？』

是四處看著攤位與人群呢？還是注視著自己的背影？只能找個理由轉身去看才知道了。

「我說，我們要不要走快一點？像妳這樣漂亮又引人注目的女⋯⋯誒!?」

「小哥您真死相。妾身都已經一大把年紀了，還這樣調戲人家。喔呵呵呵呵⋯」

轉過身，本來應該走在佐原身後的草莓，居然變成一位古錐的時代劇婆婆。

「我⋯⋯」佐原僵硬的表情有種絕望般的悲愴感。

「真害羞，要是婆婆年輕個五十歲就好了。」

爽朗的婆婆雙手托著泛紅的臉頰，別過頭笑得心花怒放。佐原還來不及思考為什麼一個年輕女孩，會變成時代劇裡才有的老婆婆，就感受到背後刺進的殺氣。

「…………………」

不知何時，草莓已經走到他前面去買巧克力香蕉船，正在找零時撞見這驚人的一幕。她頂著驚愕的眼神，直勾勾地看著幾公尺之外的佐原。還咬著剛買的巧克力香蕉船，嘴角抽動了一下。

「對不起——————！」

佐原在大聲的鞠躬道歉後就逃走了，怕被牽連的草莓還一度要他滾遠一點。

「你的守備範圍還真是廣泛。」總算逃離了騷動的人群，故意挖苦佐原的草莓說道。

「就跟妳說了是誤會！我以為妳還在後面啦！完了，我還是搬離這個鎮上好了。」

「話說，你跟那婆婆講了什麼？為什麼她會樂成這樣？」

完全無視佐原的自暴自棄，草莓露出小惡魔表情貼在他身邊逼供。

「無可奉告。」

「是麼？」

忽然停下腳步雙手抱胸的草莓，再度展現她那腹黑的笑容。從她的眼神就知道，如果佐原不說，明天起他就會成為鎮上的名人。而且，她至少有上百種方法可以辦到。在這層次的心靈交流中，佐原與草莓是百分百完全相通的。

「我說，我們要不要走快一點？像妳這樣漂亮又引人注目的女孩子，跟我走在一起很丟臉吧。不過我還沒說完，就發現背後的人變成婆婆了。」

「嗚呼～」

草莓睜圓了眼，大笑著說「你真誠實。」

「不過，當你拉著我的手，帶我一起衝下山坡時。我並沒有拒絕你，不是嗎？」說完還俏皮地加上了「哪？」一聲。

「僅今天晚上，僅在此地，我勉強暫時充當你的女朋友。」草莓微笑著伸起她纖細的手臂。

那麼，請牽著我的手吧，騎士先生。

可別放開了唷。

夜色漸入，來參拜的人們也少了。在鳥居前，聽到了遠方傳來的鼓聲。仰頭看著，原來鎮上的神社這麼大，原來本殿屋頂是優雅揚起的春日造。原來從石階就開始懸掛著的整排紙燈籠光暈，是這麼地樸實而美麗。

以及……原來，牽著一個女孩，是這種感覺。

「妳本來不是在鳥居等男朋友嗎，我這樣牽著妳不太好吧？」佐原的腳步在鳥居前停下，轉頭看著身旁的草莓。

「我的確是在等人，但不是在等男朋友。而且今晚，你不就是我的男朋友嗎？」草莓又挽起了佐原的手臂，就像在那兩個不良少年面前演戲時那般。

「那……等誰？」

「姆嗯………不告訴你。」

嘿嘿地笑了兩聲，思考幾秒後的草莓還是決定保守這個秘密。她只催促佐原加緊腳步，免得籤都被抽光了。

「哼，不說就算了…啊，不好意思。」

才轉頭往前走，就撞到了路人。正當佐原要開口道歉時，卻發現撞上的這個人，怎麼會穿著一身黑西裝來逛祭典，難道是…？

「…東警官？你怎麼會在這裡。」草莓驚愕的話語，從佐原背後傳來。

「那還用說。妳在哪裡，我就會在哪裡。」

聲音的主人是個英俊挺拔的青年，身上的黑西裝簡化了剪裁，為了便於行動而設計。斯文的面容帶著嚴肅的表情，炯炯有神的冷酷雙眼像是獵豹一般銳利。俐落的黑色短髮，與他這身裝扮搭起來只能說是完美。

『這……這就是傳說中的前男友嗎!?』

高大英挺、社會人士，又是正義使者。以上三點佐原沒有一項比得上，就算全身上下加起來也都還差得遠，完完全全的被擊沉。但草莓並沒有放開他的手，反而抓得更緊了。

「…佐原同學……我們回去了。」草莓硬擠出這句話。

「那倒不必，是我打擾了，不好意思打斷你們的約會啊。」

青年使了個眼神與手勢，要佐原別在意，就轉身信步走下了石階。看著他的背影，佐原只想著這傢伙怎麼能帥到這種境界，顯得自己好像破抹布一般。

「佐原同學……我們……還是回去吧。」

草莓擠出了一個苦澀的微笑說道。

「……我承認這傢伙確實很帥…如果是他的話，妳在鳥居就不用逃跑了…」

「呃…佐原同學你是不是誤會了什麼？」

對佐原的反應有些傻眼的草莓，還搞不清楚狀況。只是佐原已經聽不進去她說的話了，完全陷入妄想暴走模式。

「但是。」佐原放開了牽著草莓的手，轉身抓著她單薄的肩膀。

「妳總不能一輩子生活在過去的陰影中，永遠綁住自己啊！妳剛剛不是整我整得很開心嗎？為什麼遇到這傢伙妳就縮得跟蟲子一樣？」

「…………」草莓瞪大了眼，傻著半晌說不出話來。她的表情，像是隱藏著許多思緒不斷閃過。紙燈籠的燈光照不穿她的深邃眼眸，連她那細微的、深層的表情變化都照不亮那般。

「…不好意思，我太多話了。」意識到自己多管閒事的佐原，鬆開了草莓的肩膀。

「……噗。」草莓笑了。

「你啊，真是個奇怪的傢伙呢。」她笑得很燦爛。

燦爛得好似是那夜空中閃亮的星宿。

燦爛得與某個久遠的記憶重疊。

燦爛得彷彿穿透佐原心裡所有的角落。

今夜最後的記憶，燦爛到近乎純白。

『今夜之後…我只為了保護妳而存在。』

大銀幕上，身上鋼鐵裝甲已經破爛不堪的男主角，在建築物即將倒下壓到女主角之際，用全身為她撐住了那巨大的水泥屋頂與扭曲的鋼筋。開啟的面罩裡，滿是汗水卻硬是故作輕鬆的表情不時閃過痛苦掙扎。

建築物已經起火燃燒，男主角催促著女主角趕快逃走，他會隨後趕上。但女主角根本不相信他能逃出生天，堅持要留下來陪他一起。前景飄散的火光模糊了兩人，而建築物只是不斷無情地崩裂。

「嗚嗚嗚……」

看著亞由葉的表情，完全入戲的她，雙手握拳抱在胸前，眼睛眨也不眨地。想不到亞由葉會認真到發出感動的聲音，果然女孩子就是喜歡英雄啊。

『咚。』

草莓的頭靠在佐原的肩膀上，似乎聽到細微的斷斷聲。不斷爆破的動作片還能睡得這麼熟，她到底是神經大條到什麼境界？好吧，至少證明，不是每個女孩子都喜歡英雄，或者只是她太想睡而已。

或者只是她…等待這一刻太久了而已……

「各位好，我叫龍前寺光。大家請叫我阿光就可以了，請多指教。」

金髮的男孩在黑板前深深地一鞠躬。

那深靛得接近黑色，燙得挺直的夏季制服合適得像是專為了他設計的。

暑假結束後，草莓果然轉學到班上來。除了她理所當然地造成男生們的瘋狂騷動外，還有另一個轉學生龍前寺光。他俊美得有如偶像般的外表、溫文有禮的談吐，還有讓女生無法抗拒的深情眼神與人如其名的開朗笑容。一瞬間就把其他男生給比了下去，自然成為女生們目光的焦點。

附帶一提，佐原本來平靜的高中生活，也跟著被毀滅了。有段時間，他的鞋櫃裡被挑戰書淹沒，拖鞋裡被人放圖釘成為常態。至於是為什麼呢……？

「大家好，我的名字是天草野草莓。請大家多多指教。」

在講台上的草莓，艷麗的紅髮擺動著。覆蓋整個胸口的水藍水手大領，遮不住豐滿的胸部曲線。雪白的制服搭上與衣領同樣水藍的百褶裙下，有著白皙的修長美腿。所有男生都被她玫瑰色的水汪汪大眼，與超越高中生的玲瓏身材所矇騙了。還有女同學發出了「嘖」的一聲，意義不明。

「啊那麼…天草野同學為何要轉學過來呢？」

戴著超厚鏡片眼鏡的青年老師，問了這個例行公事的問題。

「我啊……是為了成為某位同學的新娘而轉學來的…」

說完還對佐原眨個眼，害佐原嚇得連人帶桌椅都翻倒在地，痛到爬不起來。

「佐原哲！你睡昏頭了是不是啊!?給我出去罰站！」

老師不明白發生了什麼事情，但班上的男同學可就心知肚明了。

這所學校出現了新的傳說。相貌、成績、體育都平平的佐原哲，同時霸佔了兩大校園之花，女神亞由葉與女王草莓醬。有謠言說他在南洋小島做了奇特的法術，還有每天清晨淨身去山坡上的神社參拜，把零用錢都捐了當香油錢之類的等等等。

但，真相卻悄悄藏在連他本人都塵封的過去。

夜。純淨無暇的黯黑中只有熠熠星光，海和天空似乎融合為一。

船舷邊在海面畫出的軌跡，漾上了因水波扭曲的微光。

與海面平行，試圖劃破黑夜的光束。

那是船隻們仰賴的明燈。

環繞陽台上，小女孩的髮緒被燈光映成艷麗的紅色。

黑夜中的燈塔，玫瑰色雙眸啣著淚水的小女孩，與小男孩的對話。

——因為我…想要得到幸福。

在聞到的淡淡薰衣草香中，有海水的苦澀味。

One & Only

Southern Cross
サザンクロス

怎麼會有電影叫做《超能英雄大亂鬥》啊……

「呼哇～」

灰白色的天空才剛浮出，女孩輕巧地拿出在衣櫃裡的運動外套，穿在只有運動內衣與小短褲的傲人身材上。咻地拉起拉鍊，穿起了運動鞋，小心不發出聲響地關了門。

倚在兩層樓公寓開放式走廊的扶手，艷麗的紅色髮緒旁，呼出淡淡的薄霧。天空中隱約還有些不願褪下的星宿掛著。

『早安，阿哲。不過你這個豬頭還在睡吧，就跟那時一樣貪睡。』

搓了搓手，女孩很滿意僅在腦中的調侃。掛著笑容，下了樓梯出發。

這是草莓每天的開始，不知從何時就是如此。轉學到鎮上後，也依然如此。但因為草莓實在太顯眼，所以只好選在這個大多數人還在熟睡的時刻，免得被其他人騷擾。

路燈還亮著，如貓一般的輕快腳步優雅地擺動著，耀眼的紅髮也隨著跑步的節奏鼓動。穿過被淡灰藍色晨曦覆蓋的街道，一步步躍上通往神社的石階。在鳥居前，可以俯瞰小鎮全景。

稍微喘口氣後，有點想再重現一次從草地衝下去的情景，但想想還是算了。將雙手靠在身後，女孩像是哼著歌般，一蹦一跳地下了山坡。

「啊咧？阿光你今天還真早啊。」

慢跑進到楓樹公園的草莓，發現熟悉的身影已經在暖身了。

「想起了以前的事情，有點睡不著，就早點出來了。」阿光如此說。

「…………」草莓的表情，浮出了些許陰霾。

「你在……生我的氣嗎？都是因為我的……」

「並沒有，妳想太多了。依稚。」

阿光果斷地鉗住了女孩的話。清晨的光，映在他的金髮上，有種銀色的質感。連身套頭的運動外套，與草莓是同一個款式。兩人間隔著四五步的距離，寒風從中間穿過。

「既然是我帶妳來的，我就不會後悔。」阿光走向草莓。空氣中，兩人的體溫相觸。

「但我說過了，我並不是只為了讓妳見到佐原。而是希望妳見到他後，認清楚綑綁妳這十幾年來的，只是妳自己塑造出的完美男孩。我是想讓妳死心。」

「……嗯。」面對慢慢接近的阿光，草莓只無助地應了一聲。

「我還是要說。」被阿光扶住肩膀的草莓，卻反射性地顫抖了一下。

「……………………對不起。」怯憐憐的草莓，擠出了微弱的聲音。

「……別說…對不起。我會證明佐原只不過是在湊巧的時機，才進入了妳的心中。我會一點一點地，用我的全心全意，侵蝕他，取代他在妳心中的地位。即使是失去了一切，只要能換得妳在身邊，那一切都值得了。」

說完，阿光抱住了全身顫抖的草莓。草莓的眼淚在眼眶中打轉，身體卻像是僵直般無法動彈。也許她也想抱著阿光，可是她做不到。

『神啊……為什麼我的心裡面不能只有阿光就好了呢？阿光總是對我這麼好，但我卻忘不了阿哲，難道一定要這樣折磨我嗎？』草莓的眼眶噙著淚光，罪惡感凝固了她全身，令她難以呼吸。

「……痛！」草莓叫了一聲後扶著右邊的側腰部跪下。

「妳的傷又痛了嗎？」馬上放手的阿光，半跪在蜷曲的草莓身邊。想為她揉揉痛處的手，卻又頓住收回。

「對不起，都是因為我⋯⋯」阿光的語氣中，充滿著悔恨。

「⋯⋯別說⋯⋯對不起。別讓我被對你的愧疚感淹沒，好嗎？真的⋯⋯我求你別對我這麼好，這樣我的罪惡感好重⋯⋯」

一頭埋入阿光懷裡的草莓，還又低語了一次「好重」才哽咽著哭泣。本來想抱住她的阿光，還是縮回了手。

II

「你聽說了嗎？昨天又有學長在放學時想跟天草野學姐搭訕，卻在空無一人的巷子跟丟人。超扯的，已經二十來個了吧。」

「有啊有啊，聽說天草野學姐每天回家的路線都不一樣。學校周邊的路都有人跟丟過，還說她一定是瞬間移動了。學長們也太會找藉口了，哈哈哈哈哈！」

「⋯⋯⋯⋯⋯⋯」打開鞋櫃清點挑戰書的佐原，無意間聽到幾排鞋櫃之外的學弟們對話。

「啊對了，還有一個傳聞！有學長摸進教職員室，好不容易找到學生資料，但天草野學姐的資料只有名字而已耶！其他全都空白，連照片都拿不到。」

「這怎麼可能啦！你聽學長在鬼扯喔！哈哈哈哈哈！」

聽不下去學弟們大笑，佐原怒得甩回鞋櫃的門，轉身離開鞋櫃。

「你們這些變態！到底是想對天草野同學做什麼啊!!」

「嗚哇！是佐原大魔王！快閃!!」

一次怒吼就把全身氣力用完的佐原，像惡鬼般的整張臉青筋爆出。被他怒吼聲貫穿耳膜的學弟們嚇得鳥獸散，還有一個鞋子沒穿好而跌倒。但佐原已經沒力氣去追他們了，只能扶著鞋櫃喘氣。

「一大清早就叫我幹嘛？」不知何時，草莓出現在佐原身邊。

那近到可以感覺到呼吸的距離，與澄透的玫瑰色眼眸，讓他心跳急停。

「妳…妳看，這都是妳惹的麻煩啦！」

硬是喘過氣的佐原將一大疊各式各樣的挑戰書秀給草莓看。

「姆。淫賊佐原，藏垢懷恥，色慾薰心，強搶良女，人神共憤，罄竹難書，吾當伸義，得天誅也。…寫得挺好的，如果寫成俳句就更好了呢。」唸完之後草莓又拆開下一封。

「寫得好不好不是重點吧!?」佐原已經瀕臨飆淚邊緣，他哀嚎著「我什麼都沒做啊。」

「啊咧？好像在夏日祭典的時候，有個人……」眼神一閃的佐原馬上雙手抱拳半跪在草莓跟前。

「王女欲用膳否？」他悲憤地擠出了這句話。

「老樣子，水果三明治與牛乳…噢不。烏龍茶好了。」

「遵旨。」

佐原說完飛也似地衝向福利社去，眼角還夾帶著淚光。看著他離去的草莓，輕輕地笑了，撫摸著痛才剛消的右腰。

『好想看到你……所以這一點點痛，我可以不在意。這點捉弄，就當作你忘記我的小小懲罰吧~』只是可惜，佐原不明白她的心意。但若是這份心意公諸於世的話，佐原應該會被滅口，應該吧？

「老師我肚子痛，可以去廁所嗎？」才正要準備上課，就有一位男同學想開溜。

「我也是。」旁邊很快就有其他同學跟進了。

「老師我缺氧，要坐在靠操場的窗邊。」

「………………」面對輪番舉手的學生，老師的絕頂布滿青筋。

「你們當我是白癡嗎!?我會不知道你們是為了想看天草野同學上體育課嗎!?」憤怒的老師往桌上

猛然一拍，要那些騷動的男同學們安靜下來。

「老師你也想看天草野學姐的身材吧？這堂就自習啦！」男同學們還是鼓譟著。班上的女孩子直嚷「你們這些男生都是變態！」，但老師卻不禁動搖了，腦中的天使與惡魔正全面交戰，掙扎得冷汗直流。

「那就——————！」正當闔起課本喊下的當兒。

「…………………………」

穿著一般制服的草莓從走廊路過，轉頭看著的微笑表情卻帶有殺氣。在她身後的亞由葉已經換上運動服，也跟著與老師打招呼。只路過教室不到幾秒，就能讓所有人都凍結般地安靜下來。

「繼續上課！」全力燃燒的老師用力一巴掌把課本再度打開。

「……今天的天草野學姐特別正氣凜然呢，女王力場全開。」一位失望的男同學感嘆道。

「真的。」這句話得到了男同學們異口同聲的迴響。

「…神谷學姐還是很可愛呢。」

「真的。」

「決定了！我要去跟佐原學長對撞！交換靈魂！」有個男學生倏地起身。

「…………………」才轉頭就發現佐原正好站在走廊上，以一種難以置信的愕然眼神，停格看著學弟的認真表情。

「學長！請你去死吧～！學長～～!!」

「不要啊啊啊啊啊啊!!!」

往遠方奔跑的兩人。

有天，佐原的體力會達到運動員水準。草莓是這麼說的。

＊＊＊　＊＊＊　＊＊＊　＊＊＊　＊＊＊　＊＊＊

『佐原！三振出局！』

「不會吧！」棒球練習場上，身為打者的佐原傻著眼吐出這句話。

「廢材！滾吧～男性的天敵！」同隊的同學抓到吐槽的機會，當然不會放過。

「不是啊…你們有誰看得到龍前寺同學投出的球嗎!?」佐原的意思是說，阿光把球投出之後，球就直接變到捕手的手套裡。但其實同學們根本不在意，因為這時的佐原是許多人的頭號公敵。

『你是對我公平公正的判決有意見嗎？』拿著擴音器宣告佐原出局的體育股長，是個高大健壯的男生。附帶一提，他也是草莓粉絲團的一員。

「不…沒有。我這就下場。」發現情勢異常不利的佐原舉起雙手投降。

『白隊獲勝！休息十分鐘再開始。對了，佐原你不用參加了！球來了也不打，搞什麼啊你！』

「…………」無奈的佐原信步走到了場邊的板凳坐下。

默默看著同學們打鬧的樣子，但他並不特別羨慕。本來他在班上算是個幽靈人物，雖然大家都知道他與亞由葉是青梅竹馬。與草莓相比，相對博愛的亞由葉，每週的料理同好會成果分享，都會把親手做的點心送給大家。至於特製給佐原的那份，都留著在回家的路上才給，所以才沒讓這份情愫成為大家的焦點。

但草莓完全不同，轉學一個多月來，除了跟亞由葉與部分女同學有往來外，男同學幾乎只有佐原一個。頂多是有時跟阿光會拌拌嘴，有種若即若離的感覺。只是因為阿光在同學間很受歡迎，所以沒人特別注意到他跟草莓的關係。

總之，可以感覺得到阿光與草莓兩人，很小心地調整著在眾人面前的距離。

「真可憐，坐冷板凳啊。不過打不到阿光投的球，也算是很正常了。」

「誒?」在佐原身邊,不知何時也坐在板凳上的草莓說道。還小聲追加了一句「就算是職棒選手也只能勉強打到吧?」

下一場比賽已經開始了,面對「請天草野同學看看我華麗的球技」之類的告白,草莓只是笑笑揮著手。有草莓一個人在場邊坐鎮,勝過一整團的啦啦隊。當然,也讓場上的同學對佐原投以嫉妒的目光。

「話說體育全能的天草野女王,今天怎麼見習啊?」佐原挖苦地說。

「嗯…我今天不太舒服。」草莓的語氣,缺乏了平日那破表的活力感。

「嘖嘖嘖…我還以為妳是鐵打的咧。」

「喂!我好歹也是個女孩子好嗎?」

聽到佐原這句神經大條的回應,草莓明顯地有了情緒。

她也是女孩子這點,佐原當然很清楚。

『呵…我是你小時候約定要嫁給你的新娘,你忘了嗎?』

在祭典的燈籠映照中，草莓的表情，是認真的。艷紅的髮緒擺動著，耳語般的音量，一個一個字清楚說出的緋紅唇瓣。玫瑰色的雙眼純淨無暇，映著溫暖的燈光。細緻得像是陶瓷娃娃的清秀面容，滲出淡淡潮紅。

『我好想你。』

如果後面接著的是這句話，也許佐原就會被攻陷了。

她在鳥居等著誰？為什麼專只捉弄佐原？一切的一切，對他來說都是迷霧。藏在這女孩溫柔笑容之後的，是被重重迷霧所遮掩的祕密。

「誒？你傻啦？」看佐原毫無反應的草莓瞪大了眼。

「……呃？沒事，妳是那個來囉？」從回憶模式被拖出的佐原順口回道。

「你怎麼會問女孩子這麼失禮的問題啊!?」表情詫異的草莓退了一下，雙手抱在胸前。

「不…不好意思。我失禮了，抱歉。我想說妳是女孩子，所以…」佐原感到辯解無用，反正也是越描越黑了。

「不是啦。」草莓從板凳上起身，轉過頭看著佐原。

「是我大驚小怪了，你會這樣想是很正常的，我能理解。」草莓的表情恢復了平和，拍拍裙子，說了句「但這麼直接的問我還是第一次遇到。」

「那是怎麼了？」

「姆…………………」草莓的右手扶在纖細的腰支上。

「腰怎麼了嗎？」

「……你想得美。」

忽然間草莓臉上泛起潮紅，冒出了無厘頭的對白。

「啊!?」一整個像是被雷劈中的佐原。

「你們男生，都是色狼啊！又在妄想什麼了吧！」草莓看到他的表情後大笑。

「好，我知道了。妳今天是腦袋破洞了，快去補一補吧。」佐原說完還擺了擺手，要草莓快滾。

「哼哼哼，你這傢伙真是沒禮貌。」

與球場上的同學們揮手道別後，草莓信步走向球場的出口。

『匡！』一聲清脆的聲響，佐原發現球飛向了……

「草莓！快閃開!!」

佐原的大吼讓草莓震了一下，但沒影響她那宛如舞踴的流暢動作，她在眨眼間轉身閃過了從背後飛來的棒球。因疾速迴轉而揚起的髮緒與裙襬飄下後，草莓倏地扶著右腰跪下。

「…………嗚。」草莓低著頭，髮緒遮住痛苦的表情。

「誒，還好吧？」佐原跑到她身邊，半蹲著要看草莓的表情，但她卻縮得更緊。

「我說啊，妳剛剛閃得超快的，簡直出現殘像了啊！我還以為妳會被打成豬頭，這是不是妳平日捉弄我的報應……」

『啪。』一聲響亮的耳光燒在佐原的右臉頰，也嚇傻了跑過來關心的同學們。

「你………」草莓啣著眼淚抬起頭，嘴唇發白地顫抖著。

「你就不能多關心我一點嗎？豬頭！痛……！」大聲說話又弄痛了傷口。

「……我，對不……」這時佐原才發現草莓不對勁。

「不要碰我！」本來想要攙扶她的佐原，手卻被她撥開。草莓紅著眼眶，呼吸有些紊亂，胸口大力的起伏著。

「佐原，你讓開！」趕來的阿光跪在草莓身旁，緊靠著她的左肩。

「站得起來嗎？」確定將草莓的左臂勾在肩膀後，緩緩地帶著草莓站起來。

「藥……忘了帶出門…」臉色蒼白的草莓勉強擠出了這句話。

「好，我這就送妳回去。」無法動彈的佐原仰頭，注意到了阿光的眼神。

那並不是看著普通同學的眼神，而是充滿不捨的眼神。他的眼神裡說著，他寧願代替草莓來承受這個痛苦。

「啊，我去幫忙叫車來送小莓回去。」

亞由葉也急忙跟著阿光一起走，留下了依然半蹲著的佐原。

「誰叫你要欺負小莓，遭報應了吧。」

「是那傢伙平日都捉弄我吧！……痛！」

亞由葉把紗布固定在佐原紅腫的右頰上，還「哼哼」地嗾了兩聲。充滿消毒水味的醫護室，草莓並不在這裡。在她本人的堅持下，直接由阿光送她回家了。

夏末的風從窗戶吹進，吹動了窗簾，也吹動了亞由葉的飄逸長髮。兩人面對面坐在椅子上，細心的亞由葉又多撕了一條透氣膠帶貼上。

「我知道小莓平日常捉弄你，但沒搞清楚狀況就是你不對。」語畢，亞由葉微俯著頭闔起眼，雙手抱在胸前。雖然語氣很溫柔，卻有種說教的感覺。

「好……都是我不對，可以吧？」佐原已經只能用死魚眼回應了。

「……你知道小莓為什麼總是捉弄你嗎？」亞由葉的嘴角洩出耳語般的對白。

「啥？亞由葉妳說什麼？我現在耳朵有點嗡嗡響。」沒聽清楚的佐原說道。

「……沒事。」輕柔起身的亞由葉，同樣輕柔的話語。

亞由葉口裡說沒事，臉上卻一副很在意的表情。像是有什麼話想說，但怕反而透露了太多。

「龍前寺同學說，他會確定小莓沒事才回到學校。所以，要跟我借筆記。趁還沒鐘響，我得先回去準備了。」

「龍前寺還真是個可靠的傢伙啊…」

「是啊。某些方面上，與某人真是差多了。」這時亞由葉輕闔著眼，睫毛畫出優美線條的笑容，不知怎地有種挖苦人的味道，而且十足苦澀。

「真是不好意思啊…妳所說的某人，就是指我吧？」

佐原抓抓頭，洩氣地「嘖」了一聲。

「我很清楚我是哪種咖。」偏著頭，忿忿地起身。

「如果不是小時候在楓葉祭典時迷路的事情，像妳這樣受歡迎的女孩子怎麼會理睬我，對吧？」佐原也以十足挖苦的語氣回嘴。

「…阿哲……請不要讓我有跟小莓一樣，有想要一巴掌打你的衝動。我不像小莓這麼有力氣，打了你也是不痛不癢…但我心裡會很痛，非常的痛。」語畢，亞由葉轉身離開，輕拉起醫護室的門。

「……請你珍惜，在乎你的人。」

這時，上課鐘響起。留下佐原一個人在醫護室，與那揚起窗簾的風一起……

佐原還沒意識到，他的青梅竹馬已經不是當初在公園裡遇到的迷路小女孩，而是一位漸漸要成為女人的少女……。當然，另外一位也不再只是個小女孩，是早就成為一位女人了。

「老師，我是真的很抱歉，才想要親自去探望天草野同學。」

下節的課間，佐原與亞由葉一同來到教職員室詢問草莓家的地址。其他的老師們都聽聞了這件事情，看著佐原竊竊私語著。

「佐原你啊……以前是跟幽靈學生一樣，最近怎麼變成老是在惹事？」老師抓抓頭，抬起戴著超厚鏡片眼鏡的臉孔，露出為難的表情。

「真的很對不起。」

看到佐原近乎九十度的鞠躬，亞由葉也急忙跟上。

「佐原同學……不是我不願意告訴你。」老師的語氣頓了一下。

「你也知道那個傳聞吧？闖於潛入教職員室的那個學生……」

老師壓低了超厚鏡片的眼鏡，露出意外銳利的眼神。他的眼神說著「對，不要懷疑。那個傳聞是真的，我也不知道天草野同學的地址」那般。

「……………………」意外地驗證了傳聞，佐原的嘴角有些抽搐。

「龍前寺同學他應該知道。」老師偏過頭將眼鏡一推。

「不過，他願不願意告訴你，就很難說了。」

表情像是警匪劇中黑道大哥般的老師，看得佐原不寒而慄，只覺得這老師一定是知道什麼不能曝光的祕密之類的。佐原這時忽然有種羊誤入了狼群中，不知何時會被生吞的感覺。

「所以，拜託龍前寺同學，請告訴我們天草野同學的住址好嗎？」

回到教室，佐原深深地向阿光鞠躬。

「你不是跟天草野同學很熟嗎？你怎麼不知道她住在哪。再說了，這跟神谷同學有什麼關係？」

離開兩堂課才回來的阿光，調侃的表情與語氣很明顯都直衝著佐原，而且完全沒打算要賣面子給佐原身後的亞由葉。就算沒有口出惡言，但是比起平常溫文有禮的他，反差也夠大了。

『這個混蛋……』佐原心裡暗暗咬牙著，但有求於人的他不得不低頭。

「啊…我是想放學後也去看看小莓…」苦笑著的亞由葉急忙開口打圓場。

「我說了，這件事情跟神谷同學沒有任何關係。但我很感激神谷同學借筆記給我們，還有在天草野同學最痛時幫忙叫車。」

阿光的語氣很堅定，完全沒有任何模糊與曖昧空間。

「……我求你了。請你告訴我吧。」佐原雙手撐在阿光的桌上，低俯著頭說道。

「………………」直盯著他認真表情的阿光，嚴肅的表情稍稍鬆了點。

「再說了，你惹上的可是天草野同學。如果我擅自告訴你地址，可是會被殺掉的。」

說完，阿光別過頭，用死魚眼咧了一個小惡魔的笑臉。這是他第一次可以正大光明地好好修理多年的情敵，怎麼可能這麼簡單就放過他。

他的表情簡直是浮著「懊惱吧，後悔吧，你這個混蛋！這就是你傷害依稚的報應！我還要你受更多折磨，你等著瞧！」那般，他也難得會有這等邪惡表情。配合這個情緒，連照在他臉上的光線都變成了驚悚片風格。

「我知道了，我也會有我的方法。走吧，亞由葉，別再跟這個無情的傢伙說話了。」懶得再費唇舌的佐原轉身離開，亞由葉做了一個合十道歉的微笑後也跟著離開。

『放馬過來…我可是等你很久了…佐原哲。且讓我瞧瞧你有多少本事吧。』

阿光看著兩人離開的複雜微笑中，寫著這句對白。議論著這個事件的其他同學們不知道，龍前寺光現在已經進入完全燃燒的狀態。

如此，佐原就背負著諸如「欺負女孩子」、「一點也不懂得體貼」、「女王欽賜死刑」之類的罪名，有些實在太惡毒，不太適合公開出來。一直到放學為止，他背上插著的箭矢已經讓他變成一隻刺蝟。

『……有意思，居然跟蹤我。』

放學時，走在路上的阿光發現佐原偷偷跟在背後。不時躲在電線桿或是招牌後面的他，已經被路邊的主婦當成怪人。

開始西斜的太陽下，兩人的影子拖長著。阿光裝作悠哉地四處亂逛，要看佐原能跟到什麼時候。不覺，太陽快要完全落下，阿光還沒甩掉佐原。而且，光是商店街就快走爛了，主婦們把阿光也列入怪人之一。

『可惡！我還想早點回去看依稚！不能再跟他耗下去了！』

一咬牙，阿光忽地衝進商店之間的巷弄。

「嗚哇!?好快的速度！」全速衝到巷口的佐原發現整條巷子空無一人。

「這還真只能用瞬間移動來形容了吧……!?」

他一臉詫異的表情，小心地在巷子前進，像是捉迷藏時扮鬼的孩子。

「你想跟蹤我，來找到天草野同學的家，是吧？」

佐原的背後，傳來阿光的聲音。被阿光阻擋在身後的夕陽，只能照亮他的半邊臉孔。他臉上的表情非常嚴肅，雄獅般的眼神帶著殺氣。佐原第一次發現到，這位外表像是文藝少年的轉學生，有著稜角分明的表情。

「我該直接甩掉你的。但我忍不住想說…你信不信……我會斬了你？」

從阿光的口中，流出不太像是真實世界裡會有的對白。這句話的弦外之音也許是「這樣，依稚就不會為了你而痛苦了」，帶著混合憤怒與悲傷的質感。他的表情也很複雜，不亞於草莓的複雜，這些都是佐原現在才發現的一面。

「阿光？跟阿哲？」巷口傳來熟悉的聲音。

「依…天草野同學。」側身轉頭的阿光只見拿著超市購物袋的草莓。

「你們兩個怎麼會在這裡？」女孩聽來有點疑惑的聲音，但大抵恢復元氣。

正對著夕陽的佐原，只看得見草莓與阿光的剪影，但看不見表情。

「佐原同學死纏著我，說要去看妳的情況。」阿光如此說，卻移除了剛剛的情緒。

「噗。」女孩肩膀一縮地笑了。

「哪，既然如此，就一起來我家坐坐吧。不過地點保密喔！佐原醬。」

女孩調皮地補了一句「吃過藥後，本大小姐就復活啦！呼呼呼」，縱使佐原看不見她臉上的表情，

但還是有種安心的感覺…

在聞到的淡淡薰衣草香中，有海水的苦澀味。

***　***　***　***　***　***

「請用茶。」碰地一聲茶杯被放在佐原面前，跟剛剛給草莓時的態度完全不同。

「阿光……不用這麼生氣吧？這樣桌子會敲壞的。」苦笑的草莓說道。

「對不起………桌子先生。」阿光擺明是蓄意曲解草莓的話。

『這傢伙果真是個混蛋…』佐原拿起茶杯啜飲，忽然驚覺不知有沒有被下毒。

在小小的套房裡，只有在窗邊的床，與角落的衣櫃。草莓平日的穿著就沒有任何的裝飾品，這種簡約精神完全貫徹在她的房間裡，連現在用的茶桌及坐墊都是跟樓下的房東大媽借來的。柚木製的茶桌，淺淺的紋理能夠溫暖人心。

但這樣帶著剛入住感覺的房間，似乎也透露著入住的人何時離開都不奇怪。阿光準備茶時，佐原已經選擇了草莓旁邊的位子。可能是為了不想跟佐原四目相接，阿光在草莓對面的位子放了自己的茶杯後坐下。

「…真不好意思，還請龍前寺同學還幫我們泡茶。」佐原禮貌地說道。

「不用客氣。」阿光嘴裡這麼說，但從他斜眼睥睨的表情看得出「我是幫腰痛的天草野同學泡茶，你只是順便的，給我心存感激啊！」的對白。

「……阿光。」

察覺到這件事情的草莓，只輕柔地說了男孩的名字，語末帶著微笑。男孩不情願地「嘖」一聲，應了句「好啦，我知道了。」

『他們兩個人還真有默契啊。』

佐原暗暗想著，草莓一句話都沒說，阿光似乎就明瞭她想說什麼。相比之下，自己對草莓根本一無所知。

「阿哲，我跟阿光認識好幾年了，也還滿有默契的，彼此想說什麼大概都知道。而且因為我的緣故，阿光才會轉學來這個鎮上。」

輕輕地轉頭，草莓用平和的語氣說道。但不知怎地，這句話卻刺得佐原心裡有點酸，想要逃避這個話題。阿光靠在桌上，用手臂別著臉，看著窗外降下的夜幕。

「啊，對了。」佐原拿起書包。

「這個…希望能讓妳的腰痛好一點。」找出了印著「超強效筋肉痛退治」的藥罐後，佐原賠罪般地雙手呈上。

「我說啊…那種東西…」

「…阿光。」草莓只用了男孩的名字，就讓他哏住了要說出的話語。

這兩個人的默契到底有多好？這個感覺讓藏在佐原內心中的嫉妒種子暗暗地發芽。

「很感謝你的心意。」收下了佐原帶來的藥，草莓頷首微笑。

「但…我想這罐藥應該沒有用。因為那是…很嚴重的刀傷，幸虧是阿光救了我，才撿回一條命。現在看起來沒有外傷了，只是會偶爾痛起來。」

「………………」阿光還是看著窗外，沉默不語。但佐原卻有點後悔聽到這些事情，有種了解得越深，心就會被扎得越支離破碎那般的感覺。

「不過我還是會試著用看看的。」草莓笑著輕拍了右腰側。

「你這傢伙是在何時去買了這玩意，放學後你不就一直跟著我嗎？」偏過頭來，阿光斜眼看著佐原，手肘還是撐在桌子上。

「上課時翻牆出去買的。」佐原的表情有點尷尬。

「天啊！你到底有沒有身為考生的自覺啊!?」雙眼瞪圓的草莓驚訝地說道。機關槍般的碎唸諸如「你成績就不是很好了，還翹課出去買東西!?

而且藥局很遠耶！你是哪根筋不對啊？」之類的，簡直就像是老媽子上身一樣。阿光的表情雖然也有驚訝，卻額外帶著「你這傢伙也算是個狠角色」的敬意，算是有一點點而已吧。

「反正。」佐原嘆了氣，打斷草莓連珠砲般的訓話。

「留在教室也聽不進去，不如去做些自己想做的事情。」

聽到這句話，草莓的臉上揚起了潮紅，阿光只能一臉不服氣，也沒能多說什麼。接著佐原還加註了「我會跟亞由葉借筆記的，她會找時間教我，但我得請她吃一次美式餐廳。哎，一整個是大失血啊」之類的話，只是草莓與阿光兩人一點都不在意這些抱怨。

「誒。」在佐原的抱怨結束時，草莓靠在桌上，雙手托著潮紅的臉頰。

「你剛剛的那句話，算是一種告白嗎？」無預警落下千萬噸ＴＮＴ炸藥般的話語。

在日光燈下一樣耀眼的紅髮，與澄透深邃的玫瑰色眼眸。

細緻得宛如雕像般完美的五官線條，鑲著彷彿具有魔力的緋唇。

嘴角的弧度，勾住揪住佐原的心跳……

令他近乎窒息。

「……妳！妳真的是腦袋有洞啊!?妳有聽到我說大失血嗎？大失血耶！」佐原羞得滿臉通紅地急忙反駁，草莓則像是恢復了電力般大笑著，直到樓下的鄰居大喊著要他們小聲一點。

「…………」沉默不語的阿光，也意識到了對手的等級，看來比他預期要來得高。他在心裡暗自感嘆著「沒想到會是一場折磨人的苦戰啊…」，或許他也後悔了這樣近距離看著佐原與草莓的互動。

三人各自帶著自己的思緒，隨著宛如星河的韶光漂流。

「很不好意思，沒東西能招待你們留下來吃晚餐。」草莓說道。

「無妨，那我們回去了。」在套房前的走廊上，阿光背對著星空。

「話說龍前寺同學你有事，為什麼我也要一起走？」佐原一臉無辜地離開套房。

「你以為我會把你留在這裡嗎？你這傢伙要是趁機襲擊天草野同學怎麼辦!?這可不是償命就可以解決的啊！」阿光正氣凜然地大聲宣告，氣得佐原馬上反駁「我才不是那種變態咧！」，逗得草莓喜孜孜地笑著。

「啊，對了。」草莓走向佐原，左手輕柔地伸向他被紗布蓋著的右頰。
「對不起，很痛吧？我下次會小力點的。」停止在可以感受到手心溫度的距離。
「還…還有下次啊!?」佐原的表情瞬間被無奈吞噬。
「這是你沒把我當女孩子的報應囉，誰知道會不會有下次呢？」
草莓小惡魔般的微笑中，有種淡淡的檸檬香氣。

「呿。」佐原哼了一聲。
「從明天開始，我會認真把妳當女孩子看待的。請多指教。」佐原轉過身，掩飾他的表情。
「那就請多指教了。」草莓的盈盈笑臉，再度揚起紅潮。
「嗯哼！」像是宣示著自己的存在，阿光清了清喉嚨。
「明天…學校再見。」隨著這句話一起，草莓…噢不，依稚闔起了門。挨著門板慢慢往下滑，直到跪坐在地上。

「這個回合，你差點就得負分了呢…可是我…似乎真的被阿光…侵蝕了呢。」
依稚低垂的豔紅髮緒，遮住了她的表情。

「那個…龍前寺同學。」在公寓前的路燈下，佐原開了口。

「叫我阿光就可以了，我在轉學過來的那天就說過的。」冷冷回話的他並沒有回頭。

「雖然我沒資格問…但你跟草莓是…」

「同班同學…而已。」阿光轉過身，從他的表情就知道這句話完全口是心非。

「呃…我覺得，你跟草莓很要好呢。還為了她轉學來到鎮上……」

「你想說什麼？」有些不耐煩的阿光，臉上寫著要佐原有話直說。

「你們…都很帥呢…。待在草莓身邊的人，不管是你，還是那位警官。你們都為了草莓來到這裡。」佐原露出苦澀的微笑。

「警官？…你是指東巡查吧？」阿光剎那間露出了嫌惡的目光。

「誒？我不記得他的名字，只是祭典那晚在神社巧遇而已。」發覺講了不該講的話，佐原輕描淡寫地帶過。阿光的表情讓他更篤定那位東巡查的「前男友」身分。

「…因為我喜歡天草野同學，這答案你滿意嗎？」阿光的聲音有些顫抖但卻堅定。

「而且不管是誰擋在我前面，我都會毫不猶豫地剷除掉。我可以為了她做任何事情，只要能讓她覺得幸福。」

一臉嚴肅的阿光清楚地發表了超齡的戀愛宣言，或者說，也可以當成挑戰書。他那雄獅般的眼神說著「你，或是東巡查，都不可能贏得了我。因為我，會守在她身邊，直到打倒你們為止」，至少佐原是這麼覺得的。對，至少他是這麼覺得的。

「啊……」倚在門板上的依稚，臉紅到快要出煙了。

「他們兩個在說什麼啊！鄰居都聽到了啦！明天開始要怎麼面對大媽她們啊啊啊啊！」羞到想躲起來的依稚全身都酥軟了。

『我…』

『我沒問你的意見！』阿光強硬地打斷佐原的話。

『我知道…我不像你們這麼了不起，為了她來到這裡…』聽到佐原這句話，依稚闔起眼，靜靜地把頭靠在門板上。回憶起三年前，阿光決定要帶她來到小鎮的那天…

「別再說那種自暴自棄的話！妳不是想實現跟佐原的約定嗎？還是要我斬了他？」

金髮男孩激動地大喊。躺在病榻上的紅髮女孩看著他，眼裡噙著淚光。病房的窗戶外，晚春的櫻花飄落如雨，像是呼應著這對青澀少男少女的對話。

「不要…我求你千萬不要…」

女孩哽在喉嚨的嗚咽聲，切割著男孩的身體。

看著這樣的她，男孩心疼不已。

「請妳至少給我一個，與他堂堂正正對決的機會。依稚，讓我證明給妳看。」

『而且，我對她一無所知。』在路燈下的佐原接著說。

今年初，春冬交替之際的某天深夜，一輛輛警車來到商港旁邊的某座貨倉。進到其中，閃爍的昏暗水銀燈光照著站立在貨櫃上的少女。如果不看她雙手反握著的白木柄腰刀，還可能會覺得她是人質，只是說⋯

「我們沒有直接的仇恨，只能說你阻礙了我的任務。」

紅髮女孩銳利到彷彿有刀刃的字句落在地上，也插進身邊兩旁的貨櫃。

「真不愧⋯是天草野家的死神哪。」身穿風衣，眼神有如獵豹般銳利的黑髮警官，舉起右手握著的Glock19瞄準她。在倉庫各處，已經倒下十幾名全副武裝的特警，槍枝與盾牌無助地散落在地上。不過他們應該還活著，否則早該會是整片血泊。

『我只是覺得，她好像記憶裡的某個人。』

這句話，佐原說得有點心虛。其實他心裡哏著「還是說，這樣的感覺就是喜歡一個人？」

「看到南邊盡頭那五顆閃亮的星星了嗎？

它就是象徵聖潔十字架的南十字星。

那麼。約定好了呦，那就請南十字星為我們做見證吧。」

十三年前南方小島的夏季，夜裡的海風咆哮著，讓紅髮小女孩的這段話很難聽清。像是巨人般聳立在峭壁上的燈塔，環視著海天融為一體的黑。一次次掃著，當光劃過小女孩的臉頰時，她用笑中帶淚的表情看著小男孩。小男孩看著她的眼神，滿臉期待地要秀出他背了整個下午準備的對白。

「若是妳在我身邊的話，我就會讓妳得到幸福。」

純白的套房，牆壁在日光燈照耀下有點眩目。

倚著門板的依稚縮起腳，將頭埋進膝蓋間的空隙。無法控制地啜泣著，全身顫抖不止。

「⋯我就知道⋯你還記得我。對吧⋯⋯⋯？」

她輕輕地，擠出這句耳語般的對白。

——再這樣下去，總有一天他將會知曉妳的所有秘密。

宛如神諭的聲音，在她的腦裡迴盪。

——不管妳願不願意讓他知道的那些過去…到時候妳承受得了嗎？

「對不起…但這樣的我…有資格留在你身邊嗎……？」

泣不成聲的她，蜷曲後直接往冰冷的地板倒下。

與那失去三人體溫的坐墊，及那寬大的柚木茶桌一起。

『神啊…祢為什麼要對我這麼殘酷……』

今夜。溶在晚風裡的，只聞到海水的苦澀味。

One & Only

Southern Cross
サザンクロス
糟糕，我不知道小莓住在哪裡耶…

「小主人日安喵！」

才一進到屋子，就迎來草莓充滿元氣的笑臉。這是一座完全用木頭打造的小麥磨坊，同時擁有當代最高技術的風車與水車。風和日麗的早晨，小河依舊從旁邊流過，風也徐徐吹著。

「小主人還沒用過早膳吧，麥片粥馬上就好了喵。」

直勾勾眼神望著男孩的草莓，從豔紅髮緒探出的貓耳隨著話語的唇型擺動。被那玫瑰色的澄透雙眸盯得有點不好意思的男孩，隨口應了句「不好意思，麻煩妳了。」

與樸實的木屋不同，草莓只穿著一套火辣的橙色比基尼。泳衣包覆著豐滿但不累贅，揚著堅挺曲線的雙峰。泳褲的綁帶在纖細的腰支左右綁上大大的蝴蝶結，當她轉過身時，就像活的蝴蝶一樣飛揚。

然後讓男孩很在意的，是停留在充滿女人味的粉頸後，那稍稍被艷紅的髮緒遮掩，彷彿說著「快把我解開」的蝴蝶結。隨著草莓往廚房的輕柔漫步，那蝴蝶活得就像在紅花叢裡飛舞。

天人交戰的男孩視線已經完全被這隻蝴蝶勾住，彷彿可以看得到它揚起那一瞬間的慢動作了。調皮的蝴蝶像是說著「來嘛，跟我一起玩吧」，男孩的腦袋裡只想著與那蝴蝶一同玩耍，有如喪屍那般即將起步的當兒⋯⋯

「這樣是犯罪的喵，小主人。」

半轉過身的草莓，纖細的手腕靠在腰支與臀部間那充滿張力的曲線上，那是她招牌的性感姿勢。縱使她臉上掛著微笑，雙手卻拿著不知打哪來的大聲公加油棒，很明顯是要當兵器用。順著腰部線條延伸的長長貓尾巴，毛似乎有點豎起來了。她再度走回廚房之前，還嘟囔了句「真是隻色狼呢喵。」

男孩的喪屍模式，被她的殺氣強制解除。

「小主人，請用。今天味道如何呢喵？」

與男孩在餐桌對坐的草莓，雙手撐在桌上托腮，笑臉盈盈地說道。草莓豐滿的胸部因為桌子而輕輕頂起，害得他不知道視線該往哪裡看。男孩的面前有一杯牛奶與一盤像漿糊的東西，他吞了口口水，鼓起勇氣舀了一口吃下。

「⋯⋯好像缺了點什麼味道呢？」男孩苦笑說。

「小主人是說…不好吃喵？」草莓的眼眶立刻泛起淚光。

「不！不是的！非常美味的啊！我打從出娘胎就沒吃過這麼好吃的東西！」無法抵抗眼淚攻勢的男孩整盤拿起狼吞虎嚥，快把盤子也給吃了。

「是喵？」草莓笑了。等等！她手裡好像藏著眼藥水!?

「那我明天再多加點老鼠藥好了喵。」開心地擺擺頭，艷紅髮緒與貓耳也活潑了起來。

「呃……」這時男孩才意識到自己似乎身處在非常危險的環境下。

「對了，小主人。有件事情您可以原諒我喵？」

草莓輕輕頷首，雙手抱在胸口前。稍稍掩下的纖長睫毛，與避開視線的玫瑰色眼眸。怎麼說呢…男孩根本是完全無法拒絕的。

「因為出現了老鼠，所以人家嚇得把磨坊裡弄亂了喵。」

「…………」面對草莓輕吐舌尖的微笑表情，男孩罵不出口。但整個磨坊散亂著小麥束與工具，就連石磨的圓石都滾到一旁去了。正常人看到這個狀況，肯定以為這裡是兇案現場，角落的陰影裡好像有具屍體。總之，這個破壞力之驚人，是遠遠超越老鼠的。

牆上的齒輪咕嚕咕嚕地轉動，發出像是說著「笨蛋」的聲音。

「嘿唷！」

拿著草叉，將小麥束重新堆起來的男孩，看著笨手笨腳的草莓，覺得有點好笑。

「…唔！小主人您在笑我吧喵!?」發現到這件事情的草莓，臉上泛起潮紅，鼓著臉快步走來。

沒注意到地上小麥束的草莓。腳一滑，驚愕的男孩立刻扔掉草叉去接住她。

「啊………」輕聲地低鳴。

漫天揚起的麥穗與細長葉子落下後，草莓躺在小麥束疊起的小堆上，男孩的一隻手臂扶著她的肩膀，另一隻手臂撐著才沒壓在她身上。

近到可以感受呼吸溫度的距離，草莓的水漾雙眸映著男孩的臉孔。艷紅的髮緒點綴上些許麥穗，陶瓷般無暇的肌膚抹上夕陽的色彩。

「如果是小主人的話…」似乎是因為害羞，草莓的臉慢慢別過。

被粉色攻陷的白皙臉龐，傳來帶有潮氣的呼吸。略略顫抖的，輕輕嘶著的，櫻瓣般緋唇優美的曲線中，傳來怯憐憐的耳語。

——可以唷……

「……就是這樣的故事。噗哇！」在講台的學藝股長，抹掉汩汩流出的鼻血後被天外飛來的大聲公擊殺。

「什麼變態故事啊!?」氣得出煙的草莓站在座位上，雙眉拉成45度角，左手緊握的大聲公不斷發顫，直嚷著「可以什麼!?你給我說清楚！」。在她的背後，殺氣已經開始扭曲空間了。她頂著脹紅的雙頰，一副打算殺人滅口的表情。

學校一年一度的話劇比賽是鎮上的大事，對於即將畢業的班級來說，同學們一起出演話劇當然是難忘的回憶。學藝股長被擊斃而噴在黑板上的血跡旁，端正地寫著今年的主題「穿長靴的貓」。

「這種早就已經爛掉的老哏還拿出來用！而且你這樣是性騷擾！物化女性!!」

草莓正氣凜然地大聲宣告，但大部分的男同學早就因為鼻血不止而升天了。

「阿光！」草莓肩膀一縮。

「你也來說句公道話，你是不是最瞧不起這種變態劇……」轉頭要男孩開口聲援的草莓，卻發現男孩人的確還正襟危坐，但一臉就是魂都飛了的模樣。桌上的鼻血流到地面上，全身散發出即將前往天國的光輝。看到此情此景的草莓，瞬間就石化崩裂了。

「今年……我們誓言要奪冠。」扶著講桌爬起的學藝股長成功復活。

「沒錯！有了天草野同學與神谷同學！我們沒理由不奪冠！對吧老師!!」學藝股長轉頭看著教室門邊，雙手交叉著抱胸的老師。

「…………」老師沒說話，只比了個大拇指。超厚鏡片的後面，閃出了光芒。

「姆……」腹背受敵的草莓，玫瑰色的雙眸瞪得直直的。

「就…就算是這樣好了，我才不要只穿著比基尼咧！而且長靴去哪裡了，你說啊!?」草莓還不放棄困獸之鬥。

「嘖嘖……不過就這點小事。」學藝股長用銳利的眼神看著草莓，令她冷顫了一下。

「漫研社的各位！登場了！」唰地一聲，教室的門開啟。幾個拿著布尺的女同學闖進來，但老師完全沒有要阻止這場鬧劇的打算。

「無論是任何服裝……」少女們被陰影遮蓋的眼神，迸出耀眼的光芒。

「……呃？」發覺不妙的草莓提起右手，擋在胸口前方。

「只要是天草野同學要穿的，我們什麼款式都能做出來！」

充滿萌系少女愛的宣言噴發，像巨浪一般襲捲草莓。這時的草莓，難得地露出了佐原被捉弄時的無奈表情。可惜佐原也早就升天了，還呢喃著「真的可以嗎……？」，才錯過了這個經典表情。

「所以……」忽然語氣又一沉，直讓草莓打了個寒顫。

「讓我們好好地測量天草野同學那曼妙的身材吧啊啊啊啊啊!!」

倏地少女們化為了喪屍，發出「每一分完美曲線都要測量唷」的低鳴向草莓走來。她們手裡拿著各種製作服裝的工具，一步步往草莓進逼，活像是恐怖片裡的怪物。

「不要啊啊啊啊啊啊!!!」

踹翻佐原的屍體當作路障後，草莓就破窗而出了。開玩笑的。

Ⅲ

「不好意思，還麻煩小莓陪我一起來超市。」

「誒？沒關係啦。由葉不是都請我吃章魚燒了嗎？這就扯平啦～」

夕陽下，草莓與亞由葉走出商店街上的超市，緩緩步上兩旁植滿楓樹的斜坡，葉子的顏色已經隨著秋季接近而漸漸褪下翠綠。橘中帶紅的光線從樹葉的縫隙中穿過，讓亞由葉茶褐色的長髮透出彩虹般的色澤。走在她右後方，不到半步之遙的草莓，一看就知道還在回味著章魚燒的美味。

一陣風吹來，揚起亞由葉的長髮。空氣中，溶入了山茶花的溫柔花香。

「由葉的頭髮⋯很漂亮呢。」草莓不禁感嘆，看著那在風中漾上的彩虹色澤。

「哪⋯哪有啊，我也想剪像小莓那樣的俏麗髮型呢⋯只是我應該不適合吧。」

聽到亞由葉這句話，草莓嘟囔了句「是嗎？」，用手指繞著耳側的紅色髮緒轉。

「小莓人長得漂亮，身材又好，連我都很嫉妒呢。」

「誒!?」

突然冒出的話語，簡直是把草莓震醒一般。亞由葉微轉過身，輕輕地吐出舌尖，臉上明明掛著微笑，但卻有種苦澀的感覺。

「不是這樣說的吧。」沉默了會兒，草莓輕嘆了口氣。

「女孩子的價值不是只有外表，還有內心。我啊，根本不像個女孩子。笨手笨腳又粗暴，而且對家政是完全一竅不通的。我才嫉妒像由葉這樣的女孩，就像是現代版的大和撫子。」

草莓用輕闔著眼的無奈表情，幽幽地吐出這段自我反省的對白。

「可是喜歡小莓的男生很多吧，聽說每天都有一大堆情書呢。」

亞由葉的笑很複雜，有點像羨慕，又有點像是挖苦。不過，只是讓草莓又嘆了口氣。

「那些傢伙只是被我的外表矇騙了，他們根本不了解我。所以那些情書都跟著落葉一起燒掉了，我連一封都沒看過。」草莓說完還噘著嘴「嘖嘖」了兩聲。

「也許吧。不過，我也不是本來就喜歡做家政的呢。一剛開始也很勉強，然後不知不覺，就到現在了。所以，也許有天小莓會超越我唷。」

輕抬了肩膀「嘿嘿」地笑了兩聲，亞由葉回頭對草莓微笑著。從亞由葉深沉的笑容中，看出這話題繼續下去會很尷尬的草莓，急忙想找別的話題。

「啊對了，由葉妳怎麼沒找阿哲幫妳拿東西？是那隻色狼會要求些很糟糕的事情嗎!?」

靈機一動想到把佐原拿出來調侃的草莓，笑臉盈盈地說著「居然對純潔可愛的由葉有非分之想，真是太過分了」之類的話。

「噗。他應該只對小莓這樣吧？」這句話把亞由葉逗笑了，只是笑得有些微妙。

「阿哲不太會主動接近人的，特別是女孩子。我認識他這幾年來，從來沒見過他主動去認識女孩子。妳知道的，班上的其他女生，把他當隱形人一樣。」

亞由葉的表情讓草莓發現這玩笑觸動了巨大的地雷草原，不過已經太晚了。

「我只見過他跟兩個女孩子打打鬧鬧過。一個是我妹妹亞由月，阿哲把她當妹妹，而小月把他當成玩具看待。另一個就是小莓妳，我想阿哲不是把妳當妹妹看待，只是我不知道，妳是不是把阿哲當玩具看待呢？」

輕輕的問句，卻讓草莓難以回答，半响回不了話。

「我……」草莓好不容易擠出了聲音。

「沒關係，小莓妳可以不用回答。」亞由葉直接截斷了草莓的話語。

「言歸正傳，我沒找阿哲幫忙拿，是因為不想利用他的溫柔。如果是他，一定會無條件願意幫忙的。但正是因為這樣，我才不能找他。」

亞由葉的溫柔嗓音，一個字一個字將草莓的心刺穿。看著亞由葉的背影，草莓突然覺得她是這麼地巨大，與自己是完全不同地存在。草莓顫抖著雙唇，不敢直視亞由葉的背影。

「不過另一個問題，我希望小莓能馬上回答我。」話鋒一轉的亞由葉。

「誒……？」草莓的面容變得有點憔悴，眼睛睜得圓圓的。

「當作是給我個建議吧。」語畢，亞由葉往前跳了幾步。

「我從小時候，就喜歡一個男孩子。十年前吧，我們是在楓葉祭典上認識的……」

『走吧。我們去找妳的媽媽。』

『耶……』

因為聽到背後有怪聲音而前來的小男孩，看到了小女孩一個人站在樹林之中。

小女孩穿著蕾絲緞邊淡藍洋裝，暗褐色的豐盈長髮，綁了條大大的辮子貼著右肩。兩頰旁分邊長髮幾乎遮住耳朵，中分的瀏海隨著啜泣輕輕晃動。

本來小女孩並不理會小男孩的話，直到小男孩牽著她的手走才停止了哭泣。兩人踩碎枯樹葉行走的聲響使樹林變得熱鬧起來。

「我也是為了他，才開始學習家政⋯⋯」說到這，亞由葉露出一抹微笑。

「即便是如此吧，即便是如此吧。他卻離我越來越遠了，是因為我不想造成他的困擾吧？」亞由葉輕輕仰頭，看著火紅的天空，染著層層相疊的雲。

「⋯⋯⋯⋯⋯⋯」草莓完全明瞭亞由葉想說什麼，但以她的立場，實在不知道能回亞由葉什麼話。

「在幾年前，另外一個男孩向我告白了。雖然這個人不像他那樣，對所有人都這麼溫柔，但對我跟小月卻很好。我已經拒絕他好幾次，但他就是不肯放棄。」出乎意料的對白讓草莓心頭一揪。

「所以小莓。我想問妳的是⋯⋯」

亞由葉往前輕跳了兩步，半轉過身。拿著購物袋的雙手靠在纖弱到似乎風會吹斷的腰支，微笑地模仿草莓的招牌姿勢。再度吹起的風揚起了亞由葉與草莓的髮緒，兩人在斜坡上，隔著三四步的距離，直勾勾地四目相對。輕抿雙唇的亞由葉，已經做好了要核爆草莓的準備。然而，草莓卻毫無防禦的能力。

——如果是妳，會接受告白，還是守著妳喜歡的人？

在聞到的淡淡薰衣草與山茶花香中，有海水的苦澀味。

＊＊＊　＊＊＊　＊＊＊　＊＊＊　＊＊＊　＊＊＊

「光少爺。天草野小姐來了。」滿頭白髮西裝筆挺的管家對著阿光恭敬地說道。

「誒?依稚來了?那還不快請她進來。和夫叔。」躺在沙發上看書的阿光驚訝地放下書，因為依稚並沒有說過今天會過來，而且在他身邊伺候多年的管家也不該犯這種基本的錯誤。

「很不好意思。回少爺，當然是請過。但天草野小姐堅持要在玄關等您。」輕輕躬著身，管家面露為難的表情。阿光急忙起身扶著管家，要他別在意，還說了句「大概是臨時有什麼事情吧。」

由純白大理石地磚與淡色磁磚鋪設出的迎賓廳，是龍前寺家所屬，這個招待會館的一部分。迎賓廳的規模並不大，只放著三組四人座的真皮沙發，圍繞著簡單卻很有質感的玻璃茶几。

大廳的一側是吧檯，排滿了各色的進口酒類，方便貴賓來時可以調製雞尾酒來招待。天花板上懸著的水晶吊燈雖不至於巨大到令人驚嘆，但閃耀著讓人難以直視的虹彩。

落地窗外，同樣鑲上大理石磁磚的圍牆內，種植著幾棵代表這小鎮的楓樹。

「嗨，依稚。來得正好，我順便請和夫叔準備妳的晚…」來到玄關的阿光對草莓說道。

草莓低著頭，不讓阿光看到她的表情。

他話都還沒說完，草莓抬著握拳的雙手，噗地一聲栽進阿光的懷裡。

「…………啊？」阿光被這突來的舉動嚇得傻在原地，只感覺到她的肩頭發顫。

「阿光……」從他的胸口，傳來悶著的聲音。

「你可曾…恨過我嗎？只要一點點就算數。因為我…好像我在利用你，才讓你帶我來到這裡…」

草莓的話語，說得斷斷續續。阿光感受到來自胸口的潮濕氣息，不斷往全身蔓延開。他心裡有數，草莓是受了什麼刺激才會突然跑來。

「我…」在阿光手臂抬起的當兒。

「不要抱我…我沒有那個資格……」草莓的這句話，鉗住了他懸空的雙手。

「好像利用你對我的好，來到這裡找我約定的人。但卻不敢表明我的身份，連名字都是假的。」

這句對白，讓阿光感到有些暈眩，是燈光太過眩目了嗎？

……而且，還對由葉說謊。

『如果是這樣的話，我會選對我告白的人。畢竟，被愛是比較輕鬆的。』

風止之後，草莓如此說。

那風吹落了些許泛黃的葉，從草莓與亞由葉兩人中飛過。兩人的眼睛連眨都沒眨，風同樣無情地帶走眼眶中的水分。即使承受了亞由葉無預警的轟炸，草莓的表情看起來還是冷靜的。

『……這樣啊。謝謝妳，小莓。』

亞由葉回應了一個苦澀的微笑，像是說著「我想也是呢」的表情。但她不明白，草莓只是裝作鎮定而已。其實她的心已經幾乎被這一擊震碎了。

「我明明說過想放下他………」說完，草莓顫抖得更厲害了。

「但又害怕由葉會搶走他……我好害怕…」聽著這句話，阿光的表情也同樣苦澀。

「而這樣的我…卻乞討著你的溫柔…我怎麼會變成這種卑鄙的女人……？」

在阿光懷中，肩膀不斷抽動的草莓，傳出咬著牙壓抑的聲音。內心苦澀已經到了極限的阿光，倏地抱住了草莓。

「不要…你放開我…我不要……」反抗阿光緊抱的雙臂，拼命掙扎的草莓，捶打著他結實的胸膛。

「依稚…依稚…聽我說。」全然不理會草莓的反應，阿光把她抱得更緊了。

「是我利用了妳，對不起。」這句話讓草莓停止了掙扎。

「我利用了妳對佐原的思念，自私地要與他決一勝負，完全沒考慮到妳的心情。對不起。」

「……別說，對不起。」草莓的聲音，變得微弱。

「但我發誓，我會將佐原從妳的心中逐出，直到連影子都不剩。在此之前…請妳再忍耐一下下，再一下下就好。」阿光親吻了草莓的頭頂後，用臉頰摩擦著她的髮絲。

再也無法壓抑情緒的草莓崩潰般大哭，失去力氣的雙腳已經無法站著。溫柔的阿光扶著她慢慢一起跪下，讓她還是能靠在自己懷裡。管家放輕腳步靜靜地遞來了毛巾，阿光只能用五味雜陳的微笑對他致謝了。

「今晚，留下來。讓我陪妳，好嗎？」

阿光再度抱緊了草莓，如耳語般地說著………

「啊…晚安。辛苦您了。」金髮男孩作了個揖。

「哎呀。晚安，龍前寺少爺。」

在醫院的淡綠走廊上，飄散著揮不掉的藥水味。總是戴著墨鏡的黑西裝男子雙手抱胸擺個三七步，倚在病房的門旁。若有所思的他，沒注意到穿著學校制服的阿光已經到了。看到阿光禮貌地先向他行禮，他也馬上回禮。

「請問…天草野小姐今天狀況如何？」

「老樣子。還是不吃飯，嚷著說把她晾在外面風乾就好。」

男子「嘖」了一聲，看著阿光不安的表情。就算戴著墨鏡，也藏不住他有話想說的表情。

「我說真的。」其實男子很想直接點根菸來抽。

「如果可以的話，我很想代替依稚大小姐與您對決。在斷掉的刀刺進她的腰那時，若您沒有放下刀，反而再補一刀的話，我發誓會一槍打爆您的頭。」

「…………………」

阿光看著男子，卻只在墨鏡上看到自己的鏡像。

「不過，您抱著她送上救護車就算了。還幫她安排最好的醫院與醫療人員，甚至這個星期天天來看她。身為敵人，我還頗敬佩您的。」

「……我不認為我們是敵人。至少我們這一代，沒有任何的恩怨，那為何要互相廝殺？」

皺著眉頭的阿光讓男子輕輕地笑了，似乎在說著「想不到你也這麼覺得啊」那般。

「我衷心希望您這句話是認真的。」男子的肩胛從牆壁輕輕頂開。

「如果真是如此的話，也許您能夠讓大小姐從她的宿命中解放。」

男子走向阿光。經過他身邊時，停下將手搭在他肩膀上，視線卻向著遠方。

「當然，這同樣也是您的宿命。」語畢，男子輕聲說道，『那麼，依稚大小姐就拜託您了。請您千萬要守護著她。』嘆息不止的男子，背著阿光揮揮手，留下一句「醫生也該來巡房了，我去催催」就消失在淡綠色的走廊盡頭。

輕敲了門之後，才進入單人病房的阿光，只見穿著白色病袍的依稚躺在病床上，將上身抬起看著窗外才剛含苞的櫻花。失去光澤的紅髮遮著蒼白的面容，緋唇也變得褪色乾涸。

「天草野小姐，聽說您今天又不吃飯了。光靠營養劑是不行的，還是要吃點飯才會好得快。」

「……你要我說幾次？你到底為什麼不殺了我。你已經贏了，還要再糟蹋我嗎？」

絲毫不理會阿光的好言相勸，女孩連敬語都懶得用，直接回了冷冰冰的對白。她的眼眸直往前望，對著空氣說話。

「……給我一個殺妳的理由。」那句話已經聽到爛的阿光，今天換了一招。

「你這個傢伙！你贏了我還不夠，還要剝奪我身為武士的…痛！」

女孩激動的情緒弄痛了傷口，也打斷了她的話語。

「我們倆都不是武士，不過就是個要準備升學的初中生而已。」

阿光擔心地走到女孩身邊，說了句「好啦，乖乖躺好。需要我叫護理師來嗎？」。體貼的他，故意避開女孩憤怒的眼神與表情。

「你少瞧不起我！我才不像我那個膽小鬼父親！」

「……那些事情我不了解，但我不認為還有任何人該要死在那早就爛掉的約定上。不管是您，或是您的父親。我鄭重地向您請求，請您別跟自己身體過不去。」

病床旁的阿光，用他雄獅般的眼神與女孩四目交會。從女孩的眼神中，他看不出多少恨意，反而滿是恥辱與懊悔。

「附帶一提。等我成為當家，我就要廢掉這個約定。為什麼我們兩家每代最強的劍士要生死對決？天草野小姐妳真的覺得那個約定重要嗎？就不能更珍惜自己嗎？」

女孩看阿光那認真的眼神，露出有些訝異的表情。眼前這位還只是初中生的少年，已打算一肩扛起兩大家族糾纏上百年的恩怨。

「口氣倒是很大嘛……」

帶著諷刺意味的話語，女孩對著阿光冷笑。即便如此，還是感覺到她對阿光的觀感有點改變了。

「所以，第一步是要先從我們倆開始。我需要您的幫忙，天草野小姐。」

「你想要我怎樣？」女孩的表情寫著「你到底葫蘆裡賣什麼藥？」

「……很簡單，把您自己照顧好。至少，別為難照顧您的醫生跟護理師了。他們都是頂尖的醫療人員，我要求他們要把您治到身上連個傷痕都沒有。」

阿光微笑著，雙手撐在病床旁的扶手上。女孩只用冷漠空洞的玫瑰色眼眸看著他，可能在猜想他到底想幹嘛。

「然後呢？」

「然後喔………我還沒想到，下次再說吧。」

阿光輕彈著起身，一樣對著女孩微笑。

「可是我不想再看到你。」女孩吐出冰冷的對白。

「那我過兩天再來。就這樣說定了。」

「…………………」

故意耍賴的阿光讓女孩啞口無言，只能忿忿地乾瞪眼。他一邊笑著說「火氣別這麼大，對身體不好」，一邊離開病房。從他出房門時，女孩看到門外有醫生與護理師在等著他。

輕輕闔上雙眼的女孩，內心思緒開始有了些微妙的改變。

至少，她有了淡淡的笑容。

兩天後，阿光果然又出現了。這天是周末，阿光早上就出現了。背著窗外含苞的櫻花，他自顧自地坐在病床旁削著帶來的蘋果。看他忙得一副很開心的樣子，依然躺在病床上的依稚輕嘆了氣，才幽幽地開了口。

「你打哪弄來的蘋果。」

「嘛，如果您喜歡的話，我下次會多帶一點。」

阿光調皮地故意閃過了依稚的問題，無奈嘴皮子耍不過他的依稚只能噘起了嘴。

「聽說您這兩天有好好吃飯，真是太好了呢。」

依稚靜靜地看著阿光削蘋果的動作，看得出來這位少爺也不太擅長這種事情。

「都是被你煩的。」

「結果好，過程就算了。您說是吧。」

這時依稚發現阿光真的很會四兩撥千斤，無論怎樣損他都能好好的接下來，顯得依稚像小孩子賭氣那般不可理喻。

好不容易，蘋果終於削完了，還貼心地切成容易入口的小塊。可惜賣相不算太好，但無損清甜誘人的香氣。

「那麼，您要自己用？還是需要我餵您呢？」

「我的手還好好的，不勞煩您了。」

依稚蒼白的臉上瞬間抹上淡淡的紅暈，一把搶過了阿光遞來的水果盤。

「……出院之後，有什麼打算？」阿光從大腿上的水果盤叉起一塊蘋果說道。

「照樣執行家裡的任務吧。我可不像某個大少爺一樣悠哉，如果不執行任務的話，可是會被人說閒話的。」

依稚挖苦地說道，從叉子咬下了一塊清脆的蘋果。阿光知道依稚在指的就是他，身為大財團的繼承人，又是個劍術天才，偶像般的外貌就不用說了。

「我說句有點失禮的話，您不想見見自己的父親嗎？」此話一出，依稚靜默了。

「……完全不想。他逃避約定的對決就算了，還把剛出生沒多久的我放在家門前就跑了。」從依稚的眼神看得出來，她說著「他把我害得這麼慘，人卻不知道在哪裡逍遙自在了。」

「………對不起。我真是失禮了。」阿光苦笑著賠罪。

「不過，總是會有個想見的人吧？我聽說人在經歷重大的變故時，通常會有特別想見的人。」他接著說道。

「…………………」依稚沉默了半晌。

「算是，有吧。我們約過要再見。不過他應該忘記我了，而且他也離得太遠了。」

依稚說完，輕闔起雙眼嘆了氣，心裡還有一些話說不出口。這是阿光第一次看到她表情豐富的模樣，從此之後，依稚每個深邃的表情，都刻在他的腦海了。

「太好了。」阿光把水果盤放在矮櫃上說道。

「那就抱持著會再見他一面的心情，好好讓自己復原吧。您總不會希望再見到他時，像現在一樣病懨懨地吧。」

依稚看著阿光的溫柔微笑，不知道該說些什麼。眼前的男孩為她著想到超乎想像的境界，她內心似乎萌起什麼說不出的芽苗。在這時，沒有人想得到，不久的將來會演變成絞住他們所有人的鎖鍊……

「…………」

清晨的微涼空氣中，依稚在只有她一人的雙人床上醒來，還蓋著純絲製成的被子。

她悄悄地下樓，看到阿光裹著棉被睡在沙發上，露出了不捨的表情。

『你總是對我這麼好，我能用什麼還給你呢？你可知道，這份罪惡感壓到我快承受不住了啊…』

——如果是這樣的話，我會選對我告白的人。畢竟，被愛是比較輕鬆的。

『但神啊…我自己卻做不到。我有多恨自己，祢知道嗎？』

看著阿光安詳的睡臉，依稀有些浮腫的眼眶再度浮出淚水。但她只能忍著淚意，在紙條上輕輕寫下「今天別去公園了。多睡會兒，等等學校見吧。」

這時依稀的表情，很溫柔，是不曾讓佐原見過的表情……

「你們三個是怎麼回事？眼睛怎麼會腫成這樣了!?」

在準備第一堂課之前，佐原發現草莓、阿光與亞由葉三人的眼睛不約而同都腫了。這對她們三人的粉絲們來說，可是個重大的消息。

「啊……因為昨天的連續劇很感人。是吧？小莓。」亞由葉很快就想到了藉口。

「哈哈哈……是啊。由葉跟我在電話上哭成一團呢。」草莓也很識相地接上。

「…………」

「幹嘛？我不能看連續劇嗎？」面對佐原的懷疑目光，阿光抽動著嘴角回應。

佐原從來不曾懷疑亞由葉說的話，所以才沒再多問。就算他心裡總覺得有不太自然的地方，只是說不出來哪裡不對。

這時的佐原，就像是位於颱風眼中。周圍已經被一波波狂風暴雨襲擊，但他的頭上卻依然灑下陽光。至少，目前還是如此。

「噗。」注視著草莓與阿光的亞由葉突然笑了。表情寫著「原來這兩個人是這種關係啊」那般。

「哎呀……」馬上發現亞由葉思緒的草莓，苦笑著用撐在桌上的手肘遮著臉。

「哈哈哈哈…不愧是神谷同學啊…」阿光倒是認分地爽快大笑。

「妳們這是在演哪齣啊……？」

完全不懂她們三個笑點在哪的佐原，無奈中有些被排擠的感覺。只是成績已經不太好的他，還是別跟著看連續劇比較好。

「誒誒誒誒!?我重要的三個主角怎麼眼睛都腫了!?」

這時才發現三個人眼睛都腫起的學藝股長大驚失色，不過他臉上也頂著熬夜改劇本的黑眼圈。在草莓威脅退演的壓力下，他只能大嘆創作自由被剝奪了。

「等等……主角不是我嗎？」再度被排擠的佐原極力爭取自己的地位。

「呿！你算哪根蔥啊！」爆怒的學藝股長踹開試圖抱他大腿的佐原，還叨唸著「大家是要來看她們三個的，你閃邊啦！」

今天學校謠傳著，草莓與亞由葉兩人都在搶阿光。而阿光實在無法在兩人間抉擇，所以上演了少女漫畫般的淚光閃閃戲碼。她們三人的粉絲們不知道事實真相，如果公諸於世的話，恐怕佐原會被暗殺加鞭屍，所以還是保密吧……

只是，暴風雨前的寧靜，也有結束的一刻。

在聞到的淡淡薰衣草與山茶花香中，有海水的苦澀味。

＊＊＊　＊＊＊　＊＊＊　＊＊＊　＊＊＊

「那麼…寡人就正式宣佈磨坊家小兒子為駙馬，眾卿有異議嗎？」

「恭喜王上，賀喜王上。」

社團時間的教室，為了練習話劇，講桌與前排的桌椅都被搬開。扮演國王的阿光站在講台上，扶起佐原與亞由葉的手。周圍一起出演的同學都開心地拍著手，飾演女僕的草莓也掛著微笑，但卻不像是發自內心的笑容。

「那…吾愛的意見呢？」阿光微笑地看著亞由葉。

「我也覺得相當適宜，皇兄。」輕捻起裙襬行了禮。就算只是普通的制服裙子，在亞由葉的演出下，就像是正式的禮服那般優雅。

「很好…那寡人就充當見證人吧，以神之名祝福你們倆鶼鰈情深。」

一個漂亮的揮袖。

「總算是順利排演完了啊！」

學藝股長已經快要流出血淚來，喃喃地說「為什麼這麼簡單的劇本還可以瘋狂吃螺絲，我實在是不懂啊。」沒錯，他的確是不懂。只能怪他找了全校最受歡迎的組合，也是最多地雷的組合。

「為什麼戲服都還沒做好啊？馬上就要比賽了不是嗎!?」佐原不滿地抱怨道。

「你也體諒一下漫研社的人吧，她們要做我們所有人的衣服耶。」學藝股長掛著死魚眼神回道。

「不過，不曉得會幫天草野同學做什麼樣的服裝。」語畢，他又追加這一句。

「你說什麼!?什麼叫做『不曉得會做什麼樣的服裝』!?我可要先說，如果只有比基尼我可是不會穿的！」害羞的草莓臉頰瞬間翻紅，雙手抱在胸前。

「安啦，長靴是不會少的。這樣還可以多加點萌度。」

聽到這句不要命的話，額頭青筋接近爆裂的草莓，背後的大聲公已經進入備戰狀態。

「好啦好啦，別這樣。」苦笑的佐原擋在快暴走的草莓面前扣住她肩頭。

「我請吃章魚燒，可以吧？」佐原馬上亮出了王牌。

「姆……有企圖喔？」草莓那狐疑的表情有些搞笑。

「哪有啊！我也會找亞由葉與阿光一起去啊。」佐原馬上把手從草莓的肩上彈起，擺出無辜的投降手勢。

「真不好意思，那就讓阿哲破費了。」亞由葉接得很順，順到佐原來不及說「因為我最近比較窮，只請得起草莓一個人」就結束了。張著嘴欲言又止的佐原來不及反悔，但他想至少阿光應該……

『……要我斬了你嗎？』看出了佐原的心思，阿光只用眼神回應他。

向來對金錢不是很有概念的佐原，這時開始計算到下次發零用錢之前要怎麼過活……

「好．棒．啊！感謝祢！章魚燒之神！」手拿漫著熱氣的章魚燒紙盒，草莓感動地兩眼閃爍著整個星系的光芒。

「妳應該是要感謝我吧。」很久沒見到佐原那眼睛變成一條線的無奈表情。

離放學已經有一段時間，路上的學生並不多。佐原四人在路旁滿是楓樹的山坡上信步走著，隨著季節，楓葉變成層次豐富的黃色與紅色。

看草莓與亞由葉還是開心聊天的樣子，佐原稍稍放下心。幾天前，阿光、草莓與亞由葉眼睛同一天腫起來的事情，其實還是讓他很在意。就算連續劇的事情只是藉口，也可以製造點機會確認這三人，特別是草莓與亞由葉的狀況。

「…………」

默默吃著章魚燒的阿光，多少猜得出來佐原的想法。

他心裡想著『如果剛剛那場戲是真的就好了，只是這樣的話依稚會很難過吧。唉，我也是個自私的傢伙啊。』

「小莓，我吃飽了，剩下的章魚燒給妳好嗎？」亞由葉笑著把紙盒遞給草莓。

「嗚哇哇！由葉妳對我真好！」草莓開心地收下。老實說，演得有一點點假。

「喂！妳都已經發育得這麼好了，別搶亞由葉的份！」

沒發現這齣爛戲的佐原一如往常調侃草莓，而草莓只回了「說什麼啊？你這個大色狼！」，吐出舌尖扮個鬼臉後，把亞由葉那份章魚燒抱得緊緊地。逗得亞由葉嗤嗤笑著，而阿光依然掛著微笑。

一切看來，似乎都像以往一樣。

走到了電車站對面的路口，轉成綠燈時，四人身邊的行人開始穿過馬路。

草莓往前輕巧的跳了兩步轉了圈，雙手靠在身後，身子向前微傾。

逆光之中，看不清草莓的表情。

「感謝您的恩賜，佐・原・小・主・人。不才草莓先走嚕。」

以舞蹈般靈巧步伐穿越馬路的草莓，消失在人群中。

「很不好意思。今天讓你破費了，佐原同學。」阿光輕輕地行禮致意。

「你明後兩天的午餐費，就由我來出吧。做為我的回禮。」他平和的表情中，寫著不允許佐原拒絕的話語。禮貌地作揖後，就轉身沿著人行道走去。

——時間不會停下腳步，只會逼著我們做出抉擇。

女孩的茶色長髮，在忽然吹起的風中飛揚著。

「阿哲…你跟小莓的感情真好呢。」亞由葉突來的對白。

「誒!?沒這回事…像那種粗暴又沒禮貌的笨…」一時之間，佐原有些愕然。

「說謊是不好的行為喔，你可得再多珍惜她一點啊。」

溫柔卻堅定的語氣，硬生生截斷了佐原的話。亞由葉輕闔著雙眼，露出深沉的微笑。

「那麼……阿哲，再見囉。」

再度轉成綠燈時，亞由葉留下這句帶著弦外之音的話語後，便踏上了枕木紋。她用盡全身力氣，不讓身後的佐原看出她的腳步在發顫。燈號轉回紅燈，佐原也溶在散景之中，她的嘴角才止不住抽動，滾燙的眼淚劃下粉頰。

『即便是如此吧，即便是如此吧。他卻離我越來越遠了…』

火紅霞色灑在只有亞由葉一人的街上。她抬起不甘心的，淚流不止的臉望著夕陽。一顆顆斗大的淚珠落在被染得有些泛橘的湛藍大水手領，這時她希望佐原能從背後抱住她，溫柔地問她為何哭泣。

但她卻說不出口。

只能眼睜睜地看著原本自己獨佔的佐原，漸漸淪落到從他的心中被擠出。

——誰會離開？誰又能夠留下？

在聞到的淡淡山茶花香中，有海水的苦澀味。

「我能夠留給你的，只有這隻貓了。」木屋裡的老人虛弱地躺在床上，從乾枯的口裡擠出這句話。一臉非常為難的佐原與草莓兩人，只能看著老人靜靜闔起雙眼。飾演磨坊家小兒子的佐原，穿著粗麻布料的工作衫與長褲，披上一件布滿補丁的背心。

草莓飾演的長靴貓則是白色貓耳女僕打扮。柔軟蓬鬆的白色無肩上衣，綴著精緻的荷葉邊，大方地展現她那略顯單薄，充滿女人味的肩頸。連身的粉色馬甲長裙，近乎觸地的裙襬遮住了她修長的美腿，卻更顯得腰支纖細。本來應該是裝扮主角的長靴，只露出了底部而已。

很不幸地，磨坊與驢子分給了磨坊家的大哥跟二哥，壞心眼的他們打算把長靴貓留下來，然後把小兒子一個人趕出去。但長靴貓識破了這個計畫，所以帶著小兒子一起逃進了森林裡。

「這下可好，只分到一隻會囉唆的貓，卻連家都沒了。」佐原幽幽地說道。

「誒…你可不要小看我。我本來是個可愛女孩，是受了詛咒才會變成貓。」

草莓的這句話讓佐原愣了一下，因為這句台詞似乎不在劇本裡。

「不過，就這樣待在森林裡也不是辦法。」草莓環顧四周，只看見蒼鬱的樹木。

「天氣隨時都會改變的，如果下雨就糟了。總之，先找個地方棲身吧。」

雙手抱胸的草莓無奈地說道。

「怎麼可能這麼巧，說下雨就…」才在大笑的佐原就被雨滴打中。

「你真是個烏鴉嘴啊啊啊啊啊~~!!」氣到出煙的草莓一把抓起裙襬就拔腿往森林裡跑，還丟下一句「不想淋成落湯雞就快跟上」。話雖如此，但佐原完全無法跟上那種野生動物等級的速度。

「吁!吁!吁!妳…妳怎麼能…跑得像在飛一樣…」佐原喘到快斷氣了。

「啊啊?是你太缺乏鍛鍊吧?」草莓用魔鬼教練的睥睨眼神，直盯著趴在地上的佐原。

兩人在這場雨下大之前，先跑進了無人的小木屋。這是偶爾會有旅人與獵人避雨的地方，好在裡面還算乾淨，可惜沒有家具。真要說的話，只有角落堆起的草堆與勉強可以拿來坐的圓木。

「啊。妳的頭髮跟衣服都被雨打到了，我出去找木柴回來烤火。」看著艷紅髮緒上帶著幾滴水珠，衣服上也被雨打到的草莓，佐原轉身就要出門。

「不用了啦。」草莓馬上抓住他的袖口，玫瑰色的眼眸直看著他。

「你是豬頭啊？外面在下雨耶，就算撿得到木柴也不能烤火吧？而且你淋得還比較慘咧。」

仔細打量佐原全身上下的草莓如此說。畢竟佐原跑得慢，自然也被雨淋得多一點，不過也沒到慘的境界就是了。

「誒⋯我可以把濕掉的上衣脫下來掛著嗎？」佐原拉著領子說道。

「不准！你這個色狼！給我就這樣乖乖睡覺！」羞紅了臉的草莓，髮緒裡探出的貓耳整個豎直，還呲牙咧嘴惡狠狠地怒吼。無奈的佐原臉上寫著「這樣也被說成色狼？我是招誰惹誰了」，但他這時是不得不從。

這場雨下得有點久，草莓側躺在草堆上睡著了。佐原望著她的睡臉，輕輕闔起的雙眼，纖長睫毛畫出美麗曲線，自然噘起的緋唇發出微弱的嘶嘶聲。

『還說我是色狼咧，這個無防備的姿態是怎樣啊？』

輕輕嘆了口氣的佐原，將自己的背心脫下來蓋在草莓身上。

翌日。

「誒!!我…我的衣服怎麼換掉了!?」佐原的叫聲劃破寧靜的早晨。

「我……我該不會是做了不該做的事吧…」

見到牆上掛起的衣服，佐原愕然地跪下，驚恐地看著自己的雙手。昨晚把背心蓋在草莓身上後，他就到草堆的另一頭睡了。

『難道是我在潛意識當中襲擊她了嗎……天啊啊啊!!』佐原無聲地叫喊著。

「七早八早你在吵什麼啊？本來快到手的獵物都被你嚇跑了。」

吊著死魚眼，一臉不滿的草莓從門外走進。手抓著麻布袋扛在肩上，裡面好像有什麼生物在死命掙扎著。

「我…!我…!我…!」佐原已經語無倫次，只能拼命去指牆上掛著的衣服。

「喔，那個啊。」了解了他的意思，草莓點了點頭。

「昨晚雨停之後，我回了磨坊家一趟。看你衣服都濕了，所以就拿回來幫你換上。」

語畢，草莓別過頭露出小惡魔的笑容。她除了回去拿東西以外，還順便在磨坊家大鬧了一番。工坊的石磨被她給解體，連驢子都放走了，現在磨坊家的大哥跟二哥正呼天搶地著。

「所以，是妳幫我把衣服換掉的？」佐原瞪大眼指著草莓。

「誒……？」草莓愣了一下，白皙面頰瞬間通紅。

「不准去想像那個畫面！大色狼!!」又氣又羞的草莓掄起大聲公，痛打一臉無辜的佐原。他只能大喊著「我什麼都沒想啊!?」，但草莓完全不予採信。

「呼。」應該是打到痛快了，草莓才停下手。

「你還沒吃早餐吧，我有順便做了你的份。」

她信步走向昨晚才拿來的木箱子，打開從裡面拿出了水果三明治給佐原。老實說賣相很不好，吐司與水果切得像被啃過，果醬也有點溢出來，但應該是可以食用的。這時，佐原才發現到草莓的手上貼著傷創絆。

「啊啊…你不知道，人類的廚具上簡直像是附有靈魂啊。特別是那刀子就像妖刀一樣，明明是切食材卻會切到我的手上。」

不想承認自己家政方面很不擅長的草莓，硬是找了個冠冕堂皇的理由。當然佐原根本不相信，只是怎說也是草莓的心意，他才沒有吐槽。

「誒……!?這三明治味道很好呢！」佐原有些驚訝，雖然賣相不好卻很美味。

「呵呵。」草莓露出滿意的甜美笑容。

「別看它長得醜醜的，可是有放入愛情去做的呢。」

嗤嗤笑的草莓，毛茸茸的貓耳也活潑了起來。轉過身要再度出門的她，無意間又擺出了招牌的性感姿勢。

草莓好久沒綻放出這種開朗笑容，感染上淺淺微笑的佐原知道這只是台詞，但還是忍不住心頭一揪。他心裡想著，這大概就是新婚夫妻的感覺吧。

在聞到的淡淡薰衣草香中，有酸甜的水果味。

＊＊＊　＊＊＊　＊＊＊　＊＊＊　＊＊＊　＊＊＊

「真是的…我是完全被那隻貓給小看了嗎…」佐原小聲地嘟囔著。

背著麻布袋的佐原，在濃密的森林中尋找可以烤火的木柴。如果缺了柴火，就算是住在小木屋也很難抵擋森林中夜裡的寒冷潮濕。

剛剛在小木屋裡，草莓與佐原對坐著決定任務分配。

「那麼，我負責找食物跟飲水，你去撿木柴回來烤火。」草莓這樣說。

「妳講反了吧？像打獵跟提水這種粗活，應該是男生做吧？」佐原不服氣地回話，但其中多少也是有體貼女孩子的心意。

「我是完全依照能力值來安排工作的。」

說完，草莓輕頷著首起身。微笑的眼神像是說著「連跑步都跑輸我，怎麼去追獵物啊？不要被熊吃掉就好了囉」這般。

兩人的能力值落差的確不是一下子就能補上的，認分的佐原還是乖乖地在充滿植物香氣的森林裡走著，到處尋找能當柴火的乾木柴。從樹葉中穿過的陽光，暖暖地灑在花草與青苔上。

寧靜的森林裡只聽到蟲鳴鳥叫，所有煩心的事情都漸漸沉澱下來，就連見到有個茶褐長髮的女孩子倒在地上，心裡也沒有半點漣漪。

對，有個茶褐長髮的女孩子倒在地上。

『嘎嗚嗚嗚!!!』佐原眼睛瞪大卻叫不出來的表情很搞笑。

「怎…怎麼會有個這麼漂亮的女孩子倒在這裡啊!?」他終於發出聲音來了。

昏倒在地上的亞由葉，身穿細柔的純白絲質上衣，袖口繡著金線與菱形裝飾。同樣輕軟的黑色連身長裙，寬鬆地順著她纖細嬌小的身形垂下。有如童話中的情景般，森林中的小動物們圍繞在她身邊，像是在為她等候王子的到來。

「…………」佐原瞄了還沒裝滿木柴的麻布袋一眼。

「總不能把她丟在這吧，一個女孩子獨自在森林裡太危險了。」

明知道這樣回去肯定會被草莓碎唸，佐原還是把亞由葉給抱了起來。

『亞由葉還是很輕呢…到底有沒有好好吃飯啊？』

這個橋段在排演時，因為亞由葉害羞而不斷笑場，所以後來被略過了。這時佐原突然想起，初中時亞由葉因為連續好幾天熬夜試做便當而昏倒，也是他把亞由葉抱去醫護室的。

在佐原懷中的亞由葉，似乎偷偷透出幸福的微笑。

「你出門撿個木柴，還順便撿了個人回來啊？」嘴角抽動的草莓一進門就說道。

看著靜靜躺在草堆上的亞由葉，一臉無奈的草莓嘆了口氣。大家都知道尋常人家穿不起這種料子的衣服，再加上亞由葉那優雅的氣質看起來就是王公貴族的千金。

草莓放下了麻布袋，裡面又不知道是什麼生物在掙扎著。而草莓只是神祕地笑笑，小聲地說句「反正晚餐時間就知道了。」

「這……她昏倒在森林裡，總不能把她就丟在那裡吧？」佐原也很無奈。

「……你沒對人家做什麼吧？」草莓用調侃的語氣笑著說道。

「喂！妳這句話對我的人格是莫大的創傷啊！」

佐原的悲鳴逗得草莓不斷大笑，直到她求饒地說「別讓我笑死啦。求你了，再出門多撿些木柴回來吧」才結束。

在木屋裡看著佐原走遠的草莓，抓了一大把木柴在鐵盆裡點火。溫暖的火光映在草莓深邃的玫瑰色眼眸，也映在亞由葉纖弱單薄的身體上。橘色的微光染在她修長筆直的手指，與柔順光亮的茶褐長髮。

有些閃動的光勾勒出了細緻的五官線條，自然劃出微翹曲線的睫毛，與早春櫻瓣般的柔軟雙唇。

草莓蜷曲地坐在圓木上，頂在大腿上的手臂撐起了臉頰。這是她第一次認真地觀察亞由葉，這個與她自己完全相反類型的女孩。清秀溫柔得像是童話故事裡的角色，同時也是她最大的競爭對手。

「我說公主啊……妳為什麼會出現在這裡？」

喃喃吐出這句話的草莓，憂鬱表情讓她玫瑰色的眼眸失去了光芒。

「因為被古堡惡魔的手下襲擊，所以我跟隨從走散了……」

到了晚上，亞由葉終於醒來。接過草莓遞來的熱湯，輕啜了一口後，她擔心的思緒讓眼神顯得黯淡。不過，她還是很禮貌地對草莓微笑，稱讚草莓煮的湯很好喝。在屋裡，三人坐在圓木上圍著爐火取暖，手上的湯也冒著熱氣。

「妳在這窮擔心也沒有用。況且我去妳昏倒的地方周遭看過，沒見到半個死人倒在路邊，所有人應該都平安逃走了。」

草莓用平靜地口吻說道。從她的表情看，她本來就沒打算要安慰亞由葉。

「喂，妳注意下遣詞用字吧。」

佐原好心提醒草莓，但反而遭到她白眼。

「是嗎？那真是太好了。」

稍微鬆口氣的亞由葉，才露出了放心的笑容。

「話說姑娘妳是哪裡人？看妳的樣子，應該不是本地人吧？」佐原好奇地問。

「很不好意思…我不太方便透露這件事情耶…」尷尬的亞由葉只能苦笑著。

「不管妳住在哪，我明天早上就送妳回去。出了這座森林，回到城鎮就安全了。」

語氣有些冷漠的草莓，說完就繼續喝她的熱湯。在那輕輕覆下的睫毛中，似乎藏著許多思緒。

「我先休息了，兩位晚安。」草莓一說完就鑽進草堆裡。

從她那賭氣的語氣裡，亞由葉就知道草莓在想什麼。

「看來我打擾到你們兩位了呢。」亞由葉的表情充滿了歉意。

「不會啦，她有時候就是這樣，跟小孩子一樣。」佐原嘆了口氣，無力地擺了擺手。

「…那我也去休息，請您也早歇吧。」輕柔起身的亞由葉，到草莓的身邊躺下。

默默看著兩個女孩的佐原，心中有點複雜的感覺。為什麼兩個這麼受歡迎的女孩都會留在自己身邊，其實他並不明白。說只是湊巧也好，說他的溫柔已經渾然天成也好。總之他在這兩個女孩心裡的地位，目前無人可以超越。

深夜裡，草莓偷偷地溜到木屋外。倚著門旁的冰冷牆壁，靠在木頭粗糙不平的表面。銀色的月光倒映在她的眼眸，輕抿著的雙唇，在暗地裡下了決心…

今天的早晨，在美食的香氣中醒來。

「早安，您的早餐已經準備好了。」

笑臉盈盈的亞由葉將裝在盤裡的美式早餐遞給佐原，從外表看就知道這是行家的作品。烤到金黃帶點焦香的吐司、煎得清爽不油膩的熱狗與火腿散發著燻製香、大片大片的萵苣與番茄上灑著香草、金黃炒蛋也是軟綿蓬鬆，就連擠在盤邊的番茄醬也充滿藝術感。

『好久沒見識到亞由葉認真做出的作品了，果然還是這麼豪華啊……』

佐原不禁感嘆。初中時兩人就同校，亞由葉會順便準備他的午餐，是因為什麼而結束了呢？咬了一口，那熟悉的味道依舊沒變，這就是亞由葉從初中以來不斷鍛鍊手藝的成果。

「…果然是妖刀啊…無可挑剔的廚藝與刀工。」佐原差點感動落淚。

「………你是在嫌我囉？抱歉貓的手很不靈巧。」吃味的草莓馬上變成死魚眼。

「沒有啦！昨天的早餐也很棒，真的！」

在佐原的不斷保證下，草莓才沒翻出白眼來。大概只有佐原這種笨蛋，才沒注意到草莓與亞由葉之間有種劍拔弩張的氣氛。

「趁天色尚早，我送她去鎮上。你等等早餐吃完後，去附近撿些木柴回來，別走遠。下午看家就好了，我不在的話說不定你會被熊給吃了。」

草莓說完就轉身往木屋的大門走。

「要找食物跟提水嗎？鎮上的路程有點遠，等妳回來都晚了吧。」佐原說道。

「……不用了。」

走向大門的草莓停下了腳步，回頭對著佐原微笑。

「食物跟水都還夠。只是從今晚開始，你又得忍受我的爛手藝了。」

勉強擠出笑容的草莓，用嘆息般的口吻說道。這個笑容看在佐原眼裡，總覺得內心糾結，他希望至少能為草莓做點什麼。

「很感謝您的照顧，磨坊家的先生。」亞由葉輕輕地微笑行了禮。

「我衷心希望，在不久的將來，還能再與您相見。」

像是還想說些什麼，亞由葉頓了一下，但還是跟著草莓一起離開了木屋。

「我果然是打擾到你們兩位了呢。」在森林裡，亞由葉尷尬地苦笑。

「……我跟他，不是那種關係。再說了，我不過是隻貓而已，不是嗎？」走在亞由葉前方的草莓只淡然地回話。腳步沒停下，連頭也沒回的繼續走著。

「話雖如此，但妳可不是普通的貓啊。」亞由葉輕抿著唇微笑道。

「請妳別再說了。」草莓的語氣，稍微有些激動。

「路程還很遠，保留點體力吧。而且妳不會想被盜賊盯上吧，說不定襲擊你們的人還在找妳。」語氣恢復平和的草莓依然頭也不回地走著，領著亞由葉從一棵棵高大的樹木間穿過。

「嗯……」亞由葉只能輕輕地應了聲。

「感謝妳……公主殿下。」輕嘆了口氣的草莓，話語中帶著苦澀的味道。

時間剛過正午，草莓與亞由葉終於來到鎮上。

兩人一路上都沒說什麼，就這樣默默地走到了一個上午。離王城不遠的小鎮非常熱鬧，是商旅與農人交易的地方，有來自王國各地的人們與商品，大街上也開滿了各種店鋪。吵雜的吆喝聲與冉冉飄起的炊煙充滿了街道，鎮上的人們也忙碌依舊，是與森林裡完全不同的風景。

以前磨坊家缺日用品時，也會定期來採購。從小就被兩個哥哥排擠的小兒子，也會跟長靴貓一起來採買，並幫她把東西搬回去。遠處飄來甜點的香味，讓喜歡甜食的長靴貓口水都快流出來了。

「那麼就此告別，請多保重。」在國王的行館前，亞由葉深深地行了個禮。

「……………」草莓心裡的實話，應該不太好說出口。

「我知道的，以後經過森林時會特別注意的。」語畢，亞由葉就在門衛的保護下走進了行館。

「哎呀。難得到了鎮上，就去那邊一趟好了。」

好像突然想起了什麼，草莓握拳敲了一下手掌，就轉身快步走進到大街上的人群當中了。

「歡迎光臨夜露死苦！」

一進到門裡，頂著阿福柔捲毛，戴著蚊香眼鏡的年輕男店長就充滿元氣地打招呼。從他那美洲原住民的裝扮就可以知道，這家店賣的是各種文物……那你就錯了。

在清脆的乳牛鈴聲後，進入這根本像是異世界的空間。偌大的布偶與插著彩虹羽毛的頭飾放在一起，還有刻著原住民圖騰的巨大木板，旁邊卻是放著一些可愛的療癒系小物。

整家店裡面像是跨越國家與時代的裝飾與擺飾品大集合，店主人八成是在周遊列國時，隨便亂買了一堆東西回來，然後就直接把這倉庫掛了個招牌開店。

「我聽說你們的事情了。妳還趁夜回去大鬧一場，讓那兩個惡霸吃足了苦頭呢！真不愧是磨坊家的貓啊！」店長說完大笑了起來。

「什麼要為了我跟老婆離婚⋯那種不珍惜妻子的垃圾人渣。連熊吃了都會拉肚子吧，真是笑死人了。」吊著死魚眼神的草莓抽動著嘴角。

「對啊，也不想想我們可愛的長靴貓心裡早就有人了。」

店長這句話一出，草莓的臉馬上通紅。想反駁的她卻被店長的「嗯？我有說錯嗎？只有那個蠢小子不知道而已吧」給堵回來了。

「算了，我懶得跟你爭。這次我是要來買東西的。」草莓兩手一攤偏著頭說道。

「哦？妳想要什麼東西，說來聽聽。」店長的嘴角掛著好奇的笑容。

「南方小島的星砂，有嗎？」

「姆，不愧是長靴貓想要的東西，果真有些難度啊。」聽到草莓的話，店長嘟起嘴，眉頭也有些糾結。畢竟這裡是大陸國家，去南方小島的路程很遠，來自南方小島的商品都是相當罕見的。

「根據傳說，星砂是殞落到地上的星星撞碎而成的。象徵世上沒有永恆的事物。」

「嗯。所以，你弄得到嗎？」

等店長喃喃自語完了，草莓直接問了結論。

「需要一些時間，妳下個月來鎮上時再來看看吧，那時應該就到了。」店長說道。

「謝啦。不過我們還挺窮的，價格可別獅子大開口啊。」草莓嗤嗤地笑著。

「不過妳要買那東西做啥呀？妳會魔法嗎？」店長隨口問道。

「這是秘密唷。不過不是什麼魔法啦，下個月見。」

轉身離開的草莓，臉上帶著神秘的微笑，纖長睫毛輕輕地壓低。她複雜的笑容，就像她內心交錯的矛盾與掙扎般，不是別人可以理解的。

「太晚回去的話，他會不會擔心呢？」

站在大街上看著天空的草莓，深邃的玫瑰色眼眸映著雲朵的純白。

即將黃昏的時刻，草莓終於回到木屋，但木屋裡空無一人。

「誒？跟他說待在屋裡就好，人跑到哪裡去了？」

這時草莓發現在木箱上有張紙條。

『辛苦妳了。我做了點心放在木箱裡，是妳喜歡的雙倍糖份。我覺得還是要出門去多找點食物跟木柴，天黑前就會回來了。』

還用小字標註了『P.S.那廚具果真是妖刀，賣相不好多見諒了。』

「噗。」草莓笑著，笑得很甜蜜。

她把那張紙條緊緊抱在懷裡，像是寶物一樣珍惜捨不得放下。

在聞到的淡淡薰衣草香中，有海水的苦澀味。

Southern Cross
サザンクロス

和煦的陽光照耀在被宮殿包圍的花園裡。

整片栽種著各色花朵的廣大庭園，一年四季都會更換當季的花朵。秋季是以金黃色的菊花為主體，排成王室的鳶尾花圖騰。

遠方以花紋大理石為柱，淺橘紅色磚塊建造的三層樓宮殿，有著拱狀的門扉與窗戶。為了採光而開了窗的藍色琉璃瓦斜頂，映著銀色的光芒。牆上裝飾著石刻的聖人胸像，宮殿的正門上方，鑲著鳶尾花圖騰的大型黃金紋章。

走在花園中的亞由葉，一身絲綢的淡水藍色禮服，袖口與領口有著金線刺繡的裝飾。精細講究的剪裁穿在亞由葉身上更加高貴典雅，花園裡偶來的微風輕輕揚起禮服的裙襬。

在她身後，兩名金髮碧眼的英挺禁衛隊士兵，穿著一片純白的軍服與雙排扣外套。同樣雪白的馬褲打著綁腿，亮得炫目的皮鞋隨著腳步發出具威嚴感的踏步聲。袖口翻出的內裡與頭上的雙角帽都是漾著銀色光芒的亮靛藍色，制服的肩章與鈕扣都是搶眼的金色。

進入了宮殿，意外地沒有奢華的擺設。因陽光照耀而散發香氣的木製窗框看起來很溫暖，天花板用油彩繪製月之女神黛安娜的神話故事。推開以酒紅色絲絨裝飾的大門後，亞由葉走進了謁見廳，衛兵站在門外的兩旁等候。

「妳平安回來了，吾愛。寡人本來已經準備好讓軍隊進入森林裡去營救妳，卻聽說出現在鎮上的行館，這是怎麼回事呢？」

阿光穿著寶藍色絲綢長版大衣與深色皮製馬靴，繫著以金線刺繡的腰帶。翻出的水藍袖口與禮服上的鈕扣也都是黃澄澄的金色，還浮雕著鳶尾花圖騰。

「是。承蒙磨坊家的先生所救，今天早上是長靴貓護送我到鎮上的。」行過禮的亞由葉說道。

「磨坊家的……？寡人有聽說他被兩個惡霸哥哥趕出來，之後就下落不明。原來長靴貓跟他在一起啊。」阿光托著下巴說道。

「是的。他們現在住在森林深處的木屋，那裡很隱密，很不容易發現。」

「住在森林的木屋應該過得很辛苦吧？寡人這就派人送些日用品過去給他們。」正當阿光要對衛兵招手時，卻被亞由葉輕柔地阻止了。

「他們過得很好，皇兄。有長靴貓跟他在一起，生活是完全沒有問題的。所以，我想還是不要打擾他們比較好。」輕闔著雙眼微笑的亞由葉如此說。

「………說得也是呢。畢竟長靴貓不是普通的貓啊……」

看著亞由葉的表情，阿光也露出了微笑。不過兩人的微笑之中，不約而同地有種嘆息的成分在。

落地窗照進的陽光能夠溫暖宮殿，卻填補不了兩個人心裡的空缺。

雄偉的宮殿裡，只剩下沉默與時鐘的滴答聲。

IV

「誒誒。我聽農夫他們說啊，過幾天國王與公主會到這附近巡視馬鈴薯與冬小麥的栽種唷。」

森林木屋的晚餐時間，佐原端著熱湯取暖著說。

「所以呢？」

但一臉興趣缺缺的草莓卻吊起了死魚眼，只差沒有翻白眼了。

「大家都對王室的人很感興趣嘛，妳應該也想看看吧？」佐原苦笑地說。

「我對那種八卦沒有興趣。你如果吃飽太閒，從明天開始撿兩倍的木柴回來好了。」

草莓冒出這句劇本外的對白，讓佐原一時不知道怎麼往下接。滿腦袋只想著怎麼把故事導回正軌的佐原，並沒有太在意草莓的碎唸。

「總之咧。」佐原決定就算硬拗也要把故事轉回來。

「從搬到木屋以來，妳也辛苦這麼久了，就當作是放假一天。我們順便去跟農夫交換些點心來吃，這樣可以吧？」

佐原拿出點心當作王牌，終於讓草莓勉強點頭。即使心裡不太情願，但只要一想到美味的點心，貓耳朵就不自覺揚起。

「……………」

看著因為交涉成功而得意洋洋的佐原，草莓若有所思地啜飲著熱湯。畢竟，她不能夠擅自變更故事的走向，就算再不甘願，也得照著劇本演下去。

似乎是指間有看不見的縫隙，讓擁有的一切溜走…

輕輕用手掬起的細沙，如瀑布般滑落。

沒有滑落的沙子，是因為淚水讓它黏著在手心⋯

白茶色的沙子，變成了暗褐色⋯

「嗚喔喔！不愧是國王要來巡視，難得這麼熱鬧啊！」

佐原與草莓一起來到佃農們居住的小村落，在國王來之前，已經有一小隊衛兵先到了。村民忙著整理簡單搭建的木屋與草屋，農人忙著整理翠綠色的麥田。還有外地來看熱鬧的人們與小販，把村落擠得水洩不通，衛兵們連忙把國王預定要經過的路給清出來。

「不過，我們為何要穿成這樣？」佐原指著身上的連帽大衣，還故意壓低了帽子。

「你如果不怕被你那兩個惡霸哥哥抓走，就脫掉沒有關係。」

同樣裝扮的草莓用冷冷的口氣回話，再度讓佐原覺得她其實想說「來湊這熱鬧根本就是自找麻煩」那般。

「不知道國王跟公主長什麼樣子，好期待啊～」難得佐原一副雀躍的樣子。

「⋯⋯⋯⋯」在他身邊拿蜂蜜煎餅啃著的草莓，一臉不以為然。她心裡想著『你明明就見過了，還把她帶回來過了一夜，甚至吃過她特製的早餐耶！你這個白癡豬頭！』，但怎樣都說不出口。

遠方傳來陣陣鼓譟聲，威風凜凜的阿光騎在純白的駿馬上，後面跟著的是禁衛騎兵隊。一行人慢慢地進入村裡的街道，接受民眾們的夾道歡呼。親民的阿光國王在馬上不斷對著民眾揮手微笑，有些他的粉絲還興奮到昏過去了。

「話說國王會不會年輕到有點離譜了，跟我們差不多年紀吧。」

佐原喃喃地吐出這句話，但草莓根本不想理他。這時的草莓只在乎換來了哪些點心，如果搶走她的點心袋，肯定會被碎屍萬段。

「國王這麼年輕，那公主該不會還是個小嬰兒吧。妳說對不對？」

「……嗯？」

想要熱絡氣氛的佐原笑著轉頭問草莓，但只看到她臉上寫著「那關我啥事」的死魚表情。這時他深深覺得把草莓一起帶來是種錯誤，但如果把她留在木屋，她也只會忙東忙西。

出門約會反而讓她生悶氣，那就一點都不令人開心了。

遠方的鼓譟聲越來越大，可說是接近暴動等級，不知道是發生什麼事情。只聽到此起彼落的喊著

「亞由葉公主殿下」的聲音，還不斷巡視的馬車隊擠去。原先在佐原他們前方維持秩序的衛兵，也不得不趕去支援公主的馬車隊。

過了一會兒，從人群中擠出的是兩匹拉著木製敞篷馬車的褐色黑棕毛駿馬，與站在胡桃木精雕車身裡，發送宮廷黃金菊花給民眾的亞由葉。想要花束以及跟公主握手的民眾實在太多了，衛兵們不得不把太過靠近的人們擋著。

「她就是……公主？」前幾天才救回家的女孩居然是公主，佐原差點就昏過去了。

「你到現在才知道啊，豬頭。」草莓一副「我早就說過了」的表情。

這時佐原腦袋裡暴走的除了他居然跟公主共度了一夜以外，還有他把公主抱回家可能會被當街斬首示眾之類的。

在這時，亞由葉發現了人群中的佐原與草莓，還對他們點了頭微笑示意。這笑容又讓一群她的粉絲升天了，不過她也注意到草莓的表情，所以沒再多停留。人們跟馬車一起擠著前進，只剩下佐原與草莓留在原地。

「…………」

草莓看著佐原的表情，知道公主的身影已經深深地烙在他心裡了。但她也只能輕嘆口氣，苦著臉，一副不服氣的表情。等到馬車隊已經走遠了，才拉著佐原回森林的木屋。

——但又害怕由葉會搶走他……我好害怕……

長靴貓那有些低垂的耳朵裡，迴響著這句對白。

就連那平日神采奕奕的玫瑰色眼眸，也失去了光彩。

「我回來了。」接近黃昏的時候，佐原扛著整麻袋的木柴回來。

「辛苦你了，今天的收穫不錯嘛。」正在煮湯的草莓對著他微笑。

「嗯………」

「別走太遠，等等就要吃晚飯了唷。」佐原都還沒開口說「我出去走走」，草莓就搶先補了這句話。驚訝地看著草莓的佐原，覺得她似乎有讀心術之類的能力。

從離開磨坊家之後，他們每天的日子都差不多如此。但從知道亞由葉就是公主之後，兩人之間的氣氛就有了微妙的變化。像佐原這樣的平民，明知道不可能再與公主這麼親密了，但心裡面多少還是會覺得懷念。

「唉………」坐在木屋外倚著牆，抬頭看火紅的天空，佐原不自覺嘆了氣。

「還在想亞由葉公主殿下嗎？」不知何時，草莓已經坐在他身邊。

「我……」苦澀的對白讓佐原語塞。

「沒關係，你不用說謊。不過……有我在你身邊，這樣還不夠嗎？」

聲音有些哽咽的草莓，說完就把頭靠在佐原的肩膀。從草莓的艷紅髮緒間傳來，淡淡的苦澀味與潮氣。她的情緒漸漸感染到佐原身上，還又說了一次「這樣還不夠嗎………」

其實到此，佐原已經明瞭這齣戲很難再演下去。

假使有機會，可以透過別的身分來述說自己的真實想法，是該好好把握的。

「我知道了，我會忘……」還沒等佐原說出「忘記」，草莓就打斷了他的話。

「王上很喜歡珍奇的動物…我知道森林裡有一種會跳舞的兔子。能夠捉到牠的話，應該可以替你爭取些機會。」草莓用微弱的聲音說道。

「………………」

佐原在心裡吶喊著『天啊，妳這樣是要我怎麼辦啊!?』，明明草莓是把故事導回正軌了，他卻有種說不出來的苦澀。

「所以。」草莓起了身，轉頭看著佐原。逆光讓佐原只看得清楚她的半邊表情。

「先去吃飯吧，不然熱湯都要涼了唷。」

甜美微笑的草莓，眼角卻噙著淚光。這時佐原才體會到，原來草莓是這麼纖細，這麼複雜，這麼難以捉摸……

早晨的森林，空氣中飽含露水與青草的清香。

一身雪白長裙洋裝的長髮兔耳女孩，從森林深處跳著輕快舞步登場，洋裝的領口織上絨毛呢料，長裙內裏襯著華麗紋樣的蕾絲花邊。沉醉其中的女孩跳得忘我，充滿空氣感的裙襬漂浮成雲一般的形狀。在晴空的陽光照耀下，閃著淡銀青色的光芒。

來到草地上的女孩，輕盈地踮起了左腳尖。往前一個大跨步後，接著以右腳為中心的迴旋，女孩流暢的動作揚起了柔順的褐黑色長髮。

森林中的鳥叫聲成了輕柔的圓舞曲樂章，覺得很滿意的女孩挺起上身。半轉過身伸直了手臂，以充滿力量感的姿態輕撩起裙襬，露出了白皙修長的小腿。

緩緩地沉下腰，準備要再一次迴旋的當兒，餘光掃到的東西讓她大吃一驚。旁邊不遠處，放著一盤苜蓿、萵苣與番茄片，還有插滿整個玻璃杯的胡蘿蔔細條。這樣一份大餐旁還插上牌子，寫著「100% 國產有機蔬菜採用」。

「嗚咕。」這樣一份誘人的餐點在前，女孩嚥了一口口水。

明知道是陷阱，本來想轉身離開，但還是受不了誘惑。她又蹦又跳地搶下這份大餐，正準備要開動時，卻發現缺了點東西。

「誒？怎麼會沒附沙拉醬？」正當女孩疑惑時，她的粉頸旁冒出一把大聲公。

「想要沙拉醬的話，就跟我走一趟吧。任君挑選唷。」

微笑的草莓出現在女孩背後，另一把大聲公也已經備戰完成。這時女孩終於確定這是陷阱，轉頭只見草莓得意的笑容，讓她臉上只能掛著眼睛變成一條線的無奈表情……

「所以，你們希望我能幫忙？」在木屋裡，兔耳女孩以不爽的表情惡狠狠地咬著胡蘿蔔細條。草莓果真實現諾言，幫她做了香柚低卡沙拉醬。味道應該還不錯，女孩直接拿在手上沾著吃。

草莓、兔耳女孩與佐原三人坐在火爐旁取暖。草莓與佐原端著熱茶，女孩身邊放著把她拐來的一大盤生菜沙拉。

「沒錯。等我見到了王上，妳要逃走還是留著就隨便妳了。」草莓語畢，輕啜了口茶。

「說得好像王宮是我能夠來去自如的地方耶，妳當那些衛兵是假的啊？」女孩瞪大了眼，嘴裡啣著的胡蘿蔔上下搖動著。

「……哈哈哈。」完全沒有立場說話的佐原，只能拿著茶杯苦笑。

「那妳就留著嘛，反正妳喜歡帥哥不是嗎？」草莓的語氣好像事不關己那般。

「是啦。國王是長得很帥，人品也很好沒錯。」說著女孩的臉上浮起紅潮，但卻追加了「不過要我為肖想公主的廢柴做這種事，我可不幹」那樣的抱怨。

這時的佐原覺得自己有點無辜，他只是照著劇本來演，卻被人如此評價。

「我家小主人才不是廢柴，不然我當初就丟下他了。」難得草莓會講好聽話，正讓佐原有點窩心時，又補上了「他是很廢沒錯，但絕不是廢柴，知道嗎？」，瞬間將他給擊沉。

「還是我再請妳吃一頓生菜沙拉，妳就犧牲一下咩。」草莓的王牌未免太薄弱了。

「妳以為一頓大餐就可以打發我嗎!?妳把我想得太廉價了吧？」

自認被藐視的女孩不服氣地馬上回嘴，覺得很麻煩的草莓搔了搔她的貓耳朵。

坐在一旁看著兩個女孩隨興鬥嘴的佐原，只能靜靜地啜著茶。他不明白似乎很討厭公主的長靴貓，為何改變心意幫他促成與公主的關係。除了劇本是這樣寫的以外，應該還有其他的理由。

他這時才注意到草莓的表情是非常豐富的，而且變化很快。沒特別注意的話，她那些細微的表情變化馬上就會被誇張的表現給掩蓋。

「看來交涉是無法成立了。」淡然的話語後，草莓放下了茶杯。

「妳不想去也可以，但照磨坊家的規矩，妳留著的話只能穿比基尼喔。」

草莓從背後拿出了穿著白色比基尼的塑膠假人，害佐原與兔耳女孩嘴裡的東西都噴出來。驚嚇到瞠目結舌的女孩，忿忿地指著草莓居然自己用了學藝股長那一套來對付她。

「這…我們磨坊家好像沒有這種奇怪的規矩吧…」

佐原終於覺得是該插話的時候了，免得劇情往某種奇怪的方向走，但卻遭到了草莓的白眼。

「好……我去就是了，妳這個變態…」

女孩的語氣非常地不情願，但還是讓草莓露出了相當滿意的微笑。好吧，老實說，是她那久違的小惡魔微笑。

「那麼，明天早上動身。今天就特許妳不用穿比基尼吧。」

語畢，草莓將塑膠假人收起來。佐原與兔耳女孩心裡都想著『妳不會是認真想找個人穿那套比基尼吧？』，還冒出了一身冷汗。如果她是認真的，說不定誰明早醒來時就是穿著那套比基尼。當然，絕對不是草莓本人。

***　***　***　***　***　***

『好久沒回來這裡了……一切都還是原本的樣子呢……』

草莓走在宮殿裡的長廊，仰頭看著天花板的油畫。窗外照進的夕陽餘暉，將她的艷紅髮緒染上了橘色的光暈。看著窗外熟悉的風景，她最懷念的是花園種滿薰衣草的時節。

在她的背後，兩名禁衛士兵與她一起前進。因為她送來珍貴的兔子，才得以直接覲見國王。推開了謁見廳酒紅色絲絨裝飾的大門，兩名衛兵跟著她一起進入，而阿光已經在裡面等候了。

「草民是磨坊家小兒子的貓，為王上送來了珍奇的兔子。」草莓行過禮後說道。

「嗯…兔子雖然是不錯，可是寡人比較中意妳耶。」阿光一開口就跳脫劇本，讓草莓一時間不知道怎麼接下去，發傻著抽動嘴角一句話都說不出來。

阿光的微笑寫著「要改劇本是吧？那大家一起來改吧」那樣的對白，草莓當然明白阿光的心意，但只能希望阿光原諒她的自私。

「你們先退下。」揮了揮手的阿光，示意衛兵們都出去。覺得不妥的衛兵們有些猶豫，在阿光又說了一次之後，他們才照著阿光的意思退出了謁見廳。夕陽穿過大片的落地窗，灑在阿光與草莓兩人身上。

「我聽亞由葉說了，妳現在跟磨坊家的小兒子住在一起是嗎？」阿光直勾勾地看著草莓。

「是…我是磨坊家的傭僕。」但草莓卻把視線別到旁邊，迴避阿光的目光。

「…胡說八道。」阿光走到草莓面前，扶著她的肩膀。

「這裡才是屬於妳的地方！妳知道我找妳找多久了嗎？」有些激動的阿光搖了草莓的肩膀。但她只是別著頭，輕抿著雙唇。

「對於父王攻打王室而且篡位的事情，我很抱歉。我事前不知道他們打算這樣做，而且之後，我就一直找尋妳的下落。後來知道妳在磨坊家，但妳卻一直躲著不願意見我。」阿光說完嘆了口氣。

「反正這些事情都不重要了。現在我已經即位，回來跟我一起生活吧，妳別回去過著這麼辛苦的日子了。」

像是逃避阿光那真切渴求的表情，草莓只默默看著窗外，臉上沒有任何表情。映在她眼眸的火紅夕陽，似乎有些波光。

「……他在我逃進森林，在裡面迷路，還誤食詛咒的果實時救了我。」

草莓的嘴角，喃喃地流洩出虛弱的對白。

「他從來沒問過我為什麼會在森林裡迷路，為什麼會受傷，就直接收留了我。他真的很笨又很廢，可是他對我很好。」

聽到這些話的阿光，只能靜靜地低著頭不發一語。

——在我最需要溫暖時，他給了我這份溫柔。

「好吧……我保證我會用一輩子補償妳。至於詛咒，我會召集全國…不，全世界的魔法師幫妳解開。請妳，留下來吧。」好不容易擠出力氣的阿光，緊緊扣著草莓的肩膀。

「……你還是不明白，阿光。」過了半晌，草莓才以謂嘆的口吻回話。

「我知道你一直在找我，當我知道你登基時，也想過回來找你。在我以為可以就這樣離開他時，卻發現我做不到。」

草莓發顫的雙唇緩緩地道出這段回憶，輕聲說句「對不起，但已經太遲了。」

被夕陽灑滿的大理石拋光地板上，草莓的倒影旁，落下了淚滴。

「……我了解了。但妳今天來，是希望我能把公主許配給他吧。如果他成為駙馬，那妳可以回到我身邊嗎？」阿光顫抖的手臂像是想把草莓一把抱住，只是壓抑著自己。

「不知道呢。也許即便如此，我還是會守在他身邊呢。」

對於這個問題，草莓只報以苦澀的微笑。在夕陽照耀下，草莓臉上閃耀著星辰的光芒。空氣與時間彷彿已經凍結，寬廣的謁見廳宛如從時空中脫離。

十三年前，同樣火紅的夕陽下。

在旅館的後山樹林，小依稚與小佐原的對話。

樹林間吹起的風，拍動著她的艷紅髮緒。

「我還是覺得，你不要跟我做朋友比較好。」小依稚在風止之後，說了這句話。

「為什麼？妳不是說我是妳的第一個朋友嗎？」小佐原只覺得她這樣是賴皮。

幾天前，小依稚來到這座南方小島上。她的祖父包下佐原家旅館，帶著一大群黑衣人，讓人不明白他們到底是什麼來路。

隔日，本來小依稚想利用祖父來擋著煩人的小佐原。但想不到祖父反而出賣她，把點心交給小佐原，害她不得不供出自己的名字。她特別警告小佐原，因為她從小就待在自家的深宅大院，不曉得所謂的朋友是什麼。

「是喔？那我就是妳的第一個朋友囉！」不以為意的小佐原只是笑著。

那個笑容還印在小依稚的腦海裡，從小生活在大人世界的她，心智遠比同年的小孩成熟。所以她也明白，其實小佐原根本不知道她想表達的意義。

「因為我有一場宿命的對決，我與對方只有一個人能活下來。」

「……啊？」

小依稚的這句話完全沒考慮到小佐原的理解力，從「宿命」這個詞開始，他的腦袋就卡住了。看著他一臉呆滯的小依稚，露出了「我就知道會這樣」的無奈表情。

「就是說我不久之後就會死了，就不能跟你一起玩了。」

「誒誒誒？妳不要死啦!!我要跟妳一起玩啊。」

看來小佐原也許明白了事情的嚴重性，慌張地抓著小依稚的手不放。

「這不是我決定的。」小依稚把手抽回來說道。

「我們家的人都要如此，只有我爸爸逃走了。」語畢，她的臉上浮出厭惡的表情。

「誒～那妳也逃走不就好了？」不懂察言觀色的小佐原如此說。

「我才不要！就是因為他逃走，才把我害得這麼慘！那些大人都在暗地說我壞話！說我沒資格待在家裡！」這幾年來，小依稚終於有機會發洩她的情緒。

想當然小佐原無法理解她的話，但光是她的激動語氣與憤怒表情就夠讓小佐原閉嘴了。

「如果一直跟你玩，我就一定會輸。這樣我就會死了，你想要這樣嗎？」

「誒…………」

總算是整理出了小佐原能夠理解的話，小依稚嘆了口氣。

「吃過點心後，就回去吧。別再來打擾我了。」

小依稚拿起放在石頭上的野餐籃，拿了一個草莓大福餅給小佐原，自己也拿了一個。她只見小佐原拿著點心，卻低著頭沒有要吃的模樣，也許多少是在擔心自己，又輕嘆了一口氣。

「我要打敗對方，然後去追求我要的幸福。」小依稚如此說，就拍了拍石頭坐下。

「妳說然後什麼…？」這句話又超出小佐原能理解的範圍了。

「嗯……」輕闔著雙眼的小依稚，咬下一口大福餅，品嘗草莓果實甜美的滋味。

「然後什麼啦？」還在等她回答的小佐原急得快跳起來了。

「我…想要得到幸福。」

轉頭對著小佐原的她，臉上掛著超齡的深邃微笑。

「所以妳得到幸福就可以跟我一起玩囉!?」小佐原做出了這個結論。

「不是這樣說的吧…不過隨便啦。」懶得再多解釋的小依稚也就隨他去了。

「好！那我去幫妳找幸福！這樣妳就可以跟我一起玩了！」

說完，小佐原就一溜煙地跑了，留下小依稚在樹林裡。

「………真是個怪傢伙。不過也好，這樣他就不會煩我了。」

暗自竊笑的小依稚，嘴上雖說不在意，但心裡卻有些情愫開始萌芽了。她一直把自己當成武士般訓練，沒發現到她內心的感情是那麼地豐富。

「您好。」

「嗯？找我有事？」走在旅館長廊的黑衣人被小佐原攔了下來。

從離開樹林之後，小佐原逢人就問去哪裡可以找到幸福。但大人們都大笑，沒人認真看待他的問題。不得已，小佐原只好連好像很親近依稚的黑衣人也問。

「那個…您知道幸福在哪裡嗎？依稚說她想要。」小佐原如此說。

「啥……依稚大小姐說的？」

看在小佐原一臉認真的份上，黑衣人才忍住了大笑。這的確是依稚會說的話，但他實在不知道該如何回答。

「我不知道。」黑衣人只好搔了搔頭。

「你不是大人嗎？為什麼你不知道!?」他誠實回答卻換來小佐原的鄙視。

黑衣人體諒他只是個小孩子，不明白這個問題到底有多深刻。再說他是為了依稚而問的，所以才把氣給吞下來。但他看佐原的眼神，好像寫著「就是因為你們這些大人太沒用，所以依稚才要自己去找」那般。

「去神社向神明祈求，說不定可以得到幸福喔。」依稚的爺爺在這時插了話。

遇到救星的小佐原臉上發出崇拜的光芒，黑衣人則是一臉無奈小聲地說「老師啊……」

「那，我們就一起去幫依稚祈求吧。」

老人親切地摸摸小佐原的頭。要黑衣人準備開車前往神社，也要他去跟小佐原的家人說一聲。既然老人都開口了，黑衣人也只好照辦。

他偷偷地嘟囔著老師太寵這孩子，臉上卻浮現溫暖的微笑。

——如果是這樣的人，也許能夠讓大小姐從她的宿命中解放。

傍晚時，小依稚拎著凜冬、寒雨與野餐籃回到旅館。卻見到桌上擺了各種御守，在小佐原的要求下，所有御守都買了一個回來，連安產御守都買了。

「……這是啥？」花花綠綠的各式御守讓小依稚傻眼。

「喔…那個啊。因為旅館家的小鬼說妳想要幸福，老師就帶他去神社買了這堆回來。」黑衣人只能尷尬地苦笑。

「噗。哈哈哈哈哈！果然很有那個白癡的風格啊。」小依稚止不住大笑，連眼淚都笑到流出來。但她還是帶著笑容一個個拿起御守，掛在自己身上看合不合適。

「我到天草野家這麼久了，還是第一次看到大小姐笑呢。」黑衣人如此說。

「嗯？真的嗎？我平常都是苦著臉嗎？」嗤嗤笑著的小依稚回答。

「也不是啦…」其實黑衣人心裡想的是『沒錯，妳還知道自己老是苦著一張臉啊？』，但他卻說不出口。

「我只想說，大小姐果然還是適合笑得燦爛的表情呢。」黑衣人輕嘆了氣。

「哈哈，真的嗎？你好難得會說這種話。」小依稚輕輕偏著頭微笑。

「大小姐是個可愛的女孩子，以後肯定會是個大美人的。如果別老是苦著一張臉，那就……」沒等黑衣人的話說完，小依稚就打斷了他。

「這些話，是建立在能夠贏得了龍前寺家的前提之下唷。」

小依稚深邃的微笑讓黑衣人為之語塞。他明白，依稚已經成熟到能夠面對自己的命運。只是他更希望，依稚能夠違抗自己的命運。

但看著依稚的笑容，他覺得再說下去也只是多言而已⋯

在聞到的淡淡薰衣草香中，有海水的苦澀味。

寧靜的森林中，陽光穿過樹葉間的空隙，暖暖地灑下。

草莓前往王宮的隔天早晨，禁衛士兵騎著馬把草莓送回來，答答的馬蹄聲迴繞在森林裡。在木屋門口等候的佐原，終於等到草莓回來，連忙扶她下馬回到木屋裡。

「王上說，如果打敗古堡惡魔與他的手下，就把公主許配給你。」

接過佐原遞來的熱牛奶，輕啜了一口後，草莓如此說道。她在說這句話時，表情就像是去路邊撿果子一樣輕鬆，但佐原的臉都嚇得發白了。

「王上的條件太嚴苛了，那些傢伙可是連禁衛隊都害怕的啊。」佐原瞪大了眼。

「會嗎？小菜一碟而已吧。」將牛奶一飲而盡的草莓，轉身要離開。

「妳到底在想些什麼…？」

佐原不知道哪來的勇氣，從草莓背後一把抱住了她的肩膀。也許是他感覺到了，這段時間以來與草莓之間那些微妙的變化。

「…………」一時間有些驚訝的草莓，很快就恢復了平日的微笑。

「我也不知道呢。也許因為我是磨坊家的長靴貓，照顧笨主人是我的義務吧。」

她輕柔地撥開了佐原的手，往前跳了兩步後轉身微笑。優雅飛揚的艷紅髮緒，就像是夏日綻放的花朵一般。

「……太危險了，我不准妳去！如果妳有什麼三長兩短，我會愧疚一輩子的!!」佐原激動地說道。

「對不起…這次我不能聽小主人的話。」草莓微笑著，語氣卻十分強硬。

「但我可以跟你承諾，我一定會好好地回來。別忘了，我可是磨坊家的長靴貓唷。」

笑臉盈盈的草莓已經不給佐原任何妥協的餘地。

「算了…反正我是阻止不了妳的。」嘆了口氣後的佐原搔了搔頭。

「說得也是呢。附帶一提，我打算今晚就出發。」草莓只是輕輕地微笑。

「……那妳先去休息吧。今天的午晚餐由我來弄就好。」佐原碎唸著「才剛從這麼遠的王宮回來，就急著去對付惡魔是怎樣」，還搶過了草莓的工作，要她滾去休息。看佐原一臉賭氣的樣子，草莓只靜靜地微笑著。

「真貼心吶。」似乎是想起了什麼，草莓突然說道。

「順便準備明天慶功用的點心吧，我只要雙倍糖份的唷！還有，別去搞些護身符給我，那種東西很礙事的。」

呵呵笑著的草莓鑽進了草堆中休息，沒多久就發出微小的嘶嘶聲。不捨疲倦到馬上熟睡的草莓，佐原搖搖頭把自己的背心蓋在她身上。

不知是不是錯覺。

草莓的睡臉，浮出了幸福的笑容。

＊＊＊　＊＊＊　＊＊＊　＊＊＊　＊＊＊　＊＊＊

森林盡頭的山崖上，有一座巴洛克風格的古堡。

那本來是貴族的住所。某日，有個頭上長著螺旋山羊角的男子，帶著一大群強盜出現。他們不費吹灰之力就攻下了城堡，把住在裡面的貴族與衛兵都趕出來。之後，國王連禁衛隊都派出過，只是始終無法驅除他們。

士兵們之間傳說，那個頭上長角的男子會變成獅子等猛獸，打得他們毫無招架之力。

久而久之，開始有了古堡裡住著惡魔的傳聞。他們有時會到附近的村莊搶些財寶與食物，但連國王都拿他們沒辦法。年輕的阿光國王登基後，決心要消滅他們，所以花了很多心力訓練禁衛隊，還聘請魔法師，預定要御駕親征。

今夜，月色被灰黑的雲遮掩著。

草莓一個人走在古堡中庭的石板大道，路旁的花園早已雜草叢生，就連佇立著大理石女神雕像的噴水池都爬滿藤蔓。

站在兩層樓高的大門前，門上鍍金的羽狀浮雕已斑駁不堪。門邊的燭台也被拆掉，空留下基座的痕跡。在這時，厚重大門發出「嘰呀」的聲音自己打開了。

大廳中央，站著一名穿著黑色長袍的高瘦大叔，頭上長著下彎的螺旋山羊角，脖子掛著六芒星的金鍊墜。質理粗糙的頭髮編成一條條短辮，連鬍子都編成了三股辮子。原本華麗的大廳已經不再，值錢的東西都被拆下來拿去賣了，只剩下大廳兩旁弧狀的樓梯看得出本來的風華。

十幾名面貌兇惡的強盜，提著大刀站在大廳的暗處。他們看著草莓的眼神，就是一副想把她生吞活剝的樣子，假如換做是別人，早就被嚇得魂不附體了。

「久聞磨坊家的長靴貓是個大美人，果然百聞不如一見。跟著磨坊家那小子真是暴殄天物，浪費了啊！」惡魔仔細端詳了草莓全身上下之後說道。

「也罷，妳來正好是羊入虎口。看俺用魔力、魔力、魔力來征服妳！」語畢，還裝可愛地向草莓比出開槍的手勢。他邊說著「魔力」，邊擺出健美先生各種展現肌肉的姿勢。噁心到雞皮疙瘩爬滿身的草莓，嘴角不自覺抽動。

「你果然也是百聞不如一見的變態啊⋯⋯」草莓的肩膀顫抖，貓耳朵也豎了起來。

「呼呵呵，害怕了吧！別擔心，俺會好好疼愛妳的。」惡魔狂妄地大笑。

「可惜前幾天讓亞由葉公主給跑了，不然俺可就霸佔了王國裡的兩大美人啊。不過長靴貓的姿色更勝一籌，更適合做俺的壓寨夫人。看妳現在怕得發抖，好可憐啊～」

看著顫抖的草莓，惡魔狂妄地咧著雜亂尖銳的牙齒大笑。連他的那些強盜手下也跟著放肆笑著，讓草莓更覺得噁心。

「怕？沒有那種東西。像你這種糟蹋女孩子的混蛋……」

眨眼間，草莓靠在左右腰際的雙手變出了一對大聲公。她低著頭，遮掩那不屑的表情。

「劇本上寫要先讓你變獅子，再變成老鼠…但這樣太麻煩了…」草莓喃喃地說。

「呼呵呵呵。不然妳想要怎樣？小妮子。」惡魔猥瑣地舔了一下嘴唇。

「我決定…斬．立．決。」

草莓的聲音忽地從惡魔背後襲來。她帶著優雅卻令人凍結的笑容，無視重力地飄浮在惡魔頸背的後方。女僕裝的粉色長裙與白色裡襯也因為空氣而展開，露出了躍起的纖細小腿與可愛的毛絨絨長靴，艷紅髮緒跟著綻放般飛揚。

左手持著的大聲公高舉在右肩上，右手的大聲公也做好了劈砍的姿勢，腰身充滿力量感地扭轉。往上回過頭與草莓玫瑰色眼眸四目交會的惡魔，想逃但全身像是石化般動彈不得。

「嘎啊啊啊啊啊啊啊啊啊啊啊啊啊!!!!!!」

在撼動大地的轟天巨響後，惡魔淒厲的叫聲響徹整個古堡。

「磅！」

明亮的月色下，兩名強盜逃到古堡的塔頂，用力地將鐵門甩上。

「呼！呼！呼！那小妮子……才是真正的惡魔啊……」其中一名強盜癱在牆邊說道。

「快起身啊！等等她殺上來怎麼辦啊!?」另一名強盜慌張的喊著。

「好吧…既然逃到這裡，也只能埋伏在這了。」好不容易回過氣的強盜咬牙。

「等等她打開門時，我們倆就衝上去把她大卸八塊！可惜了這個美人，但她實在太厲害了，我們不可能活捉她的。」

兩名強盜靠在門邊的牆上，手持著亮晃晃的大刀，像是弦月的光輝。

他們倆繃緊神經喘著氣等待草莓出現，一條細長的人型影子靜靜地從石板地爬上了門板，還看得見影子主人的及肩短髮隨風飛揚。這時才發現影子出現的強盜連大氣都不敢喘，懦懦地用餘光看著影子的方向，雙腳抖到都發軟了。

「你們當真以為憑這點伎倆就贏得了我？」甜美的女聲，卻嚇得強盜全身發顫。

「但可敢情好。本大小姐在打架這碼子事上，可是有著『死神』的稱號唷。」

女孩的緋唇揚起了微笑。

輕柔地站在城齒上的草莓，背後是碩大的滿月。

本來該從艷紅髮緒探出來的貓耳消失無蹤，銀白月光讓艷麗紅髮邊漾著微微透明的粉色光暈。

一襲胸口大開的性感晚禮服，由絲綢與雪紡織成，純黑中映著深靛紫色的光澤。上身細緻貼身的剪裁，完全展現草莓那令人嫉妒的身材。一層層的雪紡綴著蕾絲，疊出柔軟蓬鬆的寬大裙襬，在晚風中宛如雲緒般飄動。像是呼應著這身華麗裝扮般，穿在白皙美腿的長靴也變成小巧舞鞋。她將雙手靠在纖細的腰支後，微笑地注視著兩名強盜。

「妳⋯難道說妳是!?」其中一名強盜激動到口水都噴出來。

「誒!?你認識她？」另一名強盜被同伴的反應嚇到了。

「你白癡啊！還認不出來嗎!?她是前王朝的草莓公主殿下啊！那個被人們稱為『紅髮死神』的恐怖女孩啊！」

擠出全身力氣大吼的強盜全身癱軟，另一名強盜也嚇得跌坐在地。

「我不認識你說的那個人。」草莓輕輕地回話，臉上還是掛著微笑。

「⋯我們沒有直接的仇恨，只能說你們阻礙了我的任務。」

曾經熟悉的任務宣言。

鋭利到彷彿帶有刀刃的字句落在地上，也鑲進強盜身旁的厚重石磚裡。

「有點想回家睡了，你們倆做好覺悟了嗎？」

掛著小惡魔微笑的草莓再度從背後拿出大聲公，嘴角揚起甜蜜的曲線。躲在草莓影子裡的兩名強盜抓著彼此不斷發抖，早已說不出話來。

一聲動搖整座古堡的巨響後，附近森林裡的鳥獸全都爭先恐後地逃離了。

溫暖的陽光，如往常般照在古堡的石板道。

得知長靴貓打敗了古堡惡魔與他的手下之後，阿光國王決定封給磨坊家小兒子爵位，同時將這座城堡賜予他。

經過了幾天的清理，可惜無法馬上回復舊有光采，但至少清理乾淨了。長靴貓說，等到了薰衣草的季節，她就要在這裡種植整片的薰衣草。

恢復活潑生氣的城堡，重展笑顏的村民們趕來想參加婚禮。

對，今天是磨坊家小兒子與公主的婚禮。

「等等…別…我快不能呼吸了！」讓草莓幫忙打領結的佐原急忙掙扎。

「真是的，你就忍耐一下吧。」好氣又好笑的草莓，髮緒間探出的貓耳擺動著。

「你已經是子爵了，而且等一下就要成為駙馬了呢。」

在城堡的房間裡，燦爛陽光從窗外照進來。草莓拿起燕尾服外套讓佐原穿上，似乎是很滿意，她露出淺淺微笑。

「你稍微裝扮一下看起來也不錯呢。」嗤嗤笑的草莓如此說。

「真是不好意思啊，我可不像某人穿什麼都好看咧。」佐原挖苦完卻自己笑場了。

從被趕出磨坊家以來，發生的事情都像作夢一樣。先是跟家裡幫傭的可愛長靴貓一起住在森林的木屋，又救了昏倒在森林裡的公主。

到了今天，他成了城堡的主人，而且就要把美麗的公主娶回家了。

「我說…」佐原抬起戴著白手套的左手，伸向草莓微微潮紅的粉頰。

「什麼，都別說。好嗎？」草莓沒有躲開他的手，但卻伸手輕輕抵著他的上唇。

「別讓我捨不得。你知道貓是很容易改變心意的吧？」

草莓雖然笑著，眼眸卻噙著淚光。

「走吧，大家都在等你呢。」

跳到佐原背後的草莓，輕推著他出門。任何人都看得出來，她只是不想讓佐原看到她的表情。

在城堡的大廳，從大早以來就舉辦著茶會。來自王國各地的貴族、諸侯與百姓紛紛來跟阿光國王祝賀與道謝。阿光也禮貌地一一答禮，眼角餘光邊看著牆上的巨大吊鐘，在指針的移動與微弱的滴答聲中，婚禮的時刻漸漸接近。

不知怎地，他心裡有一種近乎窒息的感覺。

這時，身穿整套禮服的佐原與女僕草莓從弧狀的樓梯走下。阿光看到草莓那平靜有如止水的眼神，才稍稍放了心。

「哎呀，還真是有模有樣啊。」

阿光挖苦的稱讚，對現在的他來說，這已經是能夠給佐原的最佳讚美了。就算只是一齣話劇，阿光的嫉妒心也快膨脹到爆發了。佐原應該也察覺到了這件事情，只裝傻苦笑著。

「新娘！新娘出來了！」

穿著雪般白紗的亞由葉慢慢從另一個弧狀的樓梯走下，禮服長裙襬在樓梯的紅地毯慢慢前進，由當伴娘的兔耳女孩幫她提著。在大廳的人們紛紛拍手歡迎亞由葉登場，還有人搶先拉了紙炮。

覆在頭紗下的面容畫了淡淡的妝，就連認識亞由葉已經十年的佐原，也從來沒見過這樣的她。一時間，他差點忘了這是在演戲。輕步走來的亞由葉先是與他四目相接，又輕輕偏了頭微笑。佐原想起了小時候亞由葉常說想當新娘子，這時他才知道新娘禮服原來是這麼適合她。

量身特製的禮服襯托著亞由葉的優雅氣質，彷彿像是蟬翼般易碎的藝術品。她秀麗的茶褐長髮，在灑下的陽光中漾出彩虹般色澤。

站在佐原身後的草莓，輕抿著唇，眼眸裡的思緒深沉得無法看穿。

「各位。在婚禮正式進行前，寡人有些話想說。」準備發言的阿光拍了拍手。

「過去這幾年以來，發生了很多事情。有人失去家園、親人、摯愛，甚至生命。也許這些事情在未來還是會發生，但寡人身為國王，希望所有人都能夠幸福，就像眼前的這對新人一樣。」

說到這，阿光也有些哽咽。

「那麼…寡人就正式宣佈磨坊家小兒子為駙馬，眾卿有異議嗎？如果在座哪位有正當理由阻止，請現在提出。」

也在壓抑著自己情緒的阿光深呼吸了一口。

「恭喜王上，賀喜王上。」

阿光的這句話彷彿刻意想讓人站出來反對，好在習慣了劇情暴走的同學們還是按照原劇本，熱烈地為佐原與亞由葉鼓掌。

「那…吾愛…妳的意見呢？」阿光臉上的微笑，閃過瞬間陰霾。

「我…我也覺得相當適宜，皇兄。」雖然遲疑了一下，亞由葉還是輕捻起裙子行禮。喜悅染上了她的臉頰，就算隔著頭紗都看得出來。她的燦爛笑容似乎在說著「嗚哇，好緊張喔」那樣的對白。

這時阿光才發現佐原忘記走位，心裡想著『這個白癡，看到女孩子就什麼都忘了是吧。』

「啊，子爵閣下。請你站過來好嗎？」忍著滿心的不滿，阿光還是勉強堆出了笑容。

「誒誒？喔，不好意思。」這時佐原才注意到他忘記走位了。

跨出腳步的一瞬間，草莓抓住了佐原的衣袖。
輕聲的對白，從背後貫穿佐原的身體。他僵硬地緩緩轉過身，只見草莓濕潤的玫瑰色眼眸緊緊盯著他。
──別讓我捨不得。你知道貓是很容易改變心意的吧？

「若是你的吻可以解除我的詛咒，
你要選擇公主還是我？」
白皙得有如陶瓷般的細緻面容，輕輕抿著的緋唇還在等候他的答案。
——這樣，我們就扯平囉？
近到可以感覺氣息的距離，鼓動的心跳聲。世界變得一片寂靜，就像初次見面那晚，背景已成為一片片的光暈。在他的眼中，只剩下草莓那似乎能讓世界停止轉動的深邃雙眸。
一如夏末，那個祭典的夜。世界重新轉動的前一瞬間，從草莓髮緒傳來的淡淡薰衣草香中。
有海水的苦澀味。

One & Only

~To Have Only... 2014 Edition~

1st. Southern Cross : Season 1

Of

Ichi Amakusano

Screenwriter
まろ

Illustration
夜猫

Character
Tsubasa11

Japanese Consultant
キヨ辰
けんタッキ

Illustration Production
伽利恩數位娛樂

Cast

天草野　いち	Herself
佐原　てつ	Himself
神谷　亜由葉	Herself
竜前寺　ひかり	Himself
あずま　克秀	Himself

もしもキミのキスが私の呪いを解けるならば、
キミは誰を選ぶの？姫様？それとも私？

期待をさせないで、未練が残るから。
キミも知ってるでしょう、
猫は気まぐれな生き物なんだから。

To be continued...

Southern Cross : Season 2

http://fans.hukaka.com

Hukaka Lab. Taiwan

各位好，我是まろ，感謝您購買本書。

《南十字星》這篇作品，是《僅此唯一》系列的第一篇故事。這個系列也是我第一次寫長篇故事，同時也是我第一部發表在網路上的、第一部參加比賽的作品。對我來說，這部作品充滿酸甜苦辣的回憶，而這個版本，已經是本系列的第四版了。其實幾乎可以說，我是透過這個系列，才搞懂怎麼寫小說(雖然，我不覺得自己在寫小說)。這些角色，就像老朋友般熟悉，也希望您透過他們的故事，能得到一些感動。而這正是身為作者的無上喜悅。

Maro
2017/7

大家好 我是**夜猫(Φ ω Φ)**

很高興也很榮幸能夠畫《南十字星》的封面和插圖！

平時創作很少有機會畫到這麼多美少女，覺得幸福♥

雖然一開始並不了解故事中的角色，

但隨著一張張插畫的繪製，慢慢對他們產生了感情

希望之後還有機會再畫到這些可愛的角色XD

每次都能收到印製出來的成品真的很開心www

還有收到讀者們的來信真是太感動啦！

感謝購買本書與閱讀至此的您

期待有緣再相見囉~

夜猫

2017.7

小月我在第三話《青鳥詩篇》等大家喔！
請大家多多支持依稚姐的《南十字星》！

TITLE

南十字星 1

STAFF

出版　三悅文化圖書事業有限公司
作者　まろ
插畫　夜猫

總編輯　郭湘齡
責任編輯　三悅編輯部
美術編輯　孫慧琪
排版　呼卡文創實驗室
製版　明宏彩色照相製版股份有限公司
印刷　桂林彩色印刷股份有限公司
紘億彩色印刷有限公司
法律顧問　經兆國際法律事務所　黃沛聲律師

戶名　瑞昇文化事業股份有限公司
劃撥帳號　19598343
地址　新北市中和區景平路464巷2弄1-4號
電話　(02)2945-3191
傳真　(02)2945-3190
網址　www.rising-books.com.tw
Mail　deepblue@rising-books.com.tw

初版日期　2018年1月
定價　160元

國家圖書館出版品預行編目資料

南十字星1 / まろ作. -- 初版. -- 新北市 :
三悅文化圖書, 2018.01-
第1冊 ; 12.8 x 18.8公分
ISBN 978-986-95527-4-5(第1冊 : 平裝)

861.57　106023658

Southern Cross
ジャンボフランク
祭

Illustration

夜猫

One & Only

HU kaka 文創實驗室

楓町的日常生活

開運納福
楓町神社

祈願